珠江文丛

广州市文艺报刊社 主编

第二届《广州文艺》欧阳山文学奖获奖作品集

《广州文艺》编辑部 编

南方传媒　花城出版社

中国·广州

图书在版编目（CIP）数据

第二届《广州文艺》欧阳山文学奖获奖作品集 /
《广州文艺》编辑部编. -- 广州：花城出版社，2024.8
（珠江文丛）
ISBN 978-7-5749-0142-1

Ⅰ．①第… Ⅱ．①广… Ⅲ．①中国文学－当代文学－
作品综合集 Ⅳ．①I217.1

中国国家版本馆CIP数据核字（2024）第034606号

出 版 人：张　懿
责任编辑：陈诗泳　邱奇豪
责任校对：卢凯婷
技术编辑：林佳莹
装帧设计：集力书装·彭力

书　　名	第二届《广州文艺》欧阳山文学奖获奖作品集
	DI ER JIE《GUANGZHOU WENYI》OUYANG SHAN WENXUEJIANG HUOJIANG ZUOPIN JI
出版发行	花城出版社
	（广州市环市东路水荫路11号）
经　　销	全国新华书店
印　　刷	广州市岭美文化科技有限公司
	（广州市荔湾区花地大道南海南工商贸易区A栋）
开　　本	880毫米×1230毫米　32开
印　　张	7.25　1插页
字　　数	160,000字
版　　次	2024年8月第1版　2024年8月第1次印刷
定　　价	50.00元

如发现印装质量问题，请直接与印刷厂联系调换。
购书热线：020-37604658　　37602954
花城出版社网站：http://www.fcph.com.cn

目录
CONTENTS

诗歌奖

评论奖

中篇小说奖

Zhongpian Xiaoshuo
Jiang

颁奖词

　　丰杰以玉渊潭咖啡馆为汇合空间，讲述身份各异的青年以"文艺"的名义相遇相交、抱团取暖，面对现实与理想、梦想与妥协、爱情与婚姻甚至生与死的两难抉择和隐秘心事。这是一群当代青年的"北京梦"与成长史。小说或速写，或深描，轻快的叙述背后，饱含着作者对时代的思考、眷恋与柔情。

玉渊潭咖啡馆

丰 杰

李否死了

十二月的一个下午，陈愚正在机关会议室陪领导"推"一份材料。领导口述，陈愚敲字。局长、副局长、处长，还有一名副处级调研员，他们对着投影，陈愚对着电脑。手机放在鼠标旁边，屏幕亮起，陈愚瞟了一眼，就看到了"李否死了"。一晃神，在键盘上多敲出一个空格。

"啧——"副局长精准又不失体面地发出一个单音节。陈愚赶紧又敲了一个回删，不敢怠慢，专心打字。一刻钟后，局长办公室的"红机"响起，他起身去接电话，副局长也伸了个懒腰，叉开五指把左鬓角残存的一绺头发沿着抛物线安抚到右边鬓角。陈愚赶紧拉上旁边的"副调研员"，请他帮忙顶一下。"我家里有点急事，"陈愚晃了晃手机，"接个电话，马上回。"没顾上领会"副调研员"的眼神，陈愚匆匆忙忙跑了出来。

信息来自"玉渊潭咖啡馆"，一个七八个人的群。作为李否生前最好的朋友和他生病后接触最多的人，王海豚又转发了李否家人发出的讣告：

> 我们亲爱的朋友李否因脑动脉瘤医治无效，于12月11日下午3时15分在积水潭医院辞世，享年29岁。
>
> 本周六上午9时，在积水潭医院南门彼岸殡仪馆举办遗体告别仪式……

没有人表示震惊，至少在群里没有一个表示震惊的表情。陈愚他们似乎一直在等待着这个消息，甚至有些疑虑它为何姗姗来迟。大家约定了周六集合的时间地点。王海豚问寒意："你能赶过来吗？"

寒意此时正远在贵州参加扶贫，上午他的朋友圈还在晒他和挂钩点贫困户家里刚成功诞下八头小猪崽的黔北黑猪"杜拉斯"的合影。郝松评论嘴很损：天伦之乐。可能是受山区信号影响，寒意的回复有些迟缓，却很干脆：当然。过了一会儿，寒意又跟了一句：我带莉萨来。

女神莉萨

莉萨并不属于"玉渊潭咖啡馆",她一开始的身份是寒意的小说责编。6月底的一次聚会,寒意带来一位长发披肩的姑娘。"给你们介绍一下,"他显得有些扬扬得意,"这位是理想出版社的青年编辑莉萨,也是我的——合作伙伴。"莉萨彬彬有礼地伸出手来,一边点头一边跟他们几个握手,显得像一个货真价实的"合作伙伴"。她的手真美啊,葱白一般,纤细却不嶙峋,有点像敦煌壁画中飞天的模样,没有涂指甲油也没有戴戒指,四指并排向陈愚伸过来的时候,陈愚竟然有些猝不及防。他捏住这只手,脸颊竟然有些发烫。

"陈愚,你脸红什么啊!"

"啊!有吗?还真是。"大家起哄道。

易菲菲盯着他,扑哧一下笑了出来,陈愚的脸就红得更厉害了。

"喝点吗?"郝松推了推眼镜,笑眯眯问道。

莉萨扭过头去看了一眼寒意,见寒意笑着点了点头,莉萨又回过头来,轻轻鞠了一躬:"那就喝点吧。多谢了!"

那是六月的最后一周,天渐渐开始热了起来,玉渊潭咖啡馆里倒是如世外桃源一般独自清凉。它坐落在一个戒备森严的部队大院深处,每次进门都需要咖啡馆主人王海豚向岗哨打电话确认，并押上来访者的证件；如果是开车进来更麻烦，身份证、行驶证、驾驶证扣上之外，还要打开后备厢接受防爆检查，手续烦琐到让人对这里肃然起敬，也让每次来咖啡馆聚会充满了隆重的仪式感。咖啡馆其实是王海豚的起居室兼创作室，位于一幢笨重的苏式建筑的三层，二十来平方米，狭长，东西两面墙被各种书堆满，北面墙上挂着一幅四尺的书法"心上无尘"，南边的窗台上和墙角里挤满了滴水观音、龟背竹、常春藤、发财树、鸭掌木、绿萝、小叶玫瑰、洋桔梗……一个盆里甚至还种着小葱和芫荽。房间里还放了一张宜家的书桌、一架二手雅马哈电子琴、一台梵尼诗黑胶唱片机、一个装酒的玻璃橱柜，剩下来的空间只摆得下一张三人沙发和四五把折叠椅。

王海豚是一本内部刊物《长空文艺》的唯一编辑，除此之外，他还是诗人、词作家、万金油型写手，大到歌舞剧剧本，小到歌词、串词、朗诵诗甚至广告文案，总之只要跟文字沾点边，没有他干不下来的。为了使"玉渊潭咖啡馆"显得不那么名不副实，王海豚用他给别人写一个音乐剧的全部稿费买了一台德龙意式全自动咖啡机，不过除了刚拆封时大家用商家赠送的"上好"咖啡豆磨了几杯，后面这东西就跟那台黑胶唱片机一样成了纯粹的摆设——大家更喜欢那个仿桃木的酒柜。寒意喜欢白酒，易菲菲喜欢红酒，郝松喜欢单一麦芽威士忌——郝松喜欢威士忌是最近几年的事，在他完成第一个署名热播作品之前，他最喜欢的还是代号"人乐"的雪花勇闯天涯。

"啤酒、白酒、红酒，还是威士忌？"王海豚打开酒柜，伸出左手指着里面高高低低色彩斑斓的瓶子罐子，炫耀似的冲莉萨问道。

"啤酒吧。"这么爽快的答案很快赢得大家好感。郝松推了推眼镜，端详了一下莉萨。王海豚从小冰柜里拿出一瓶"麒麟"，又煞有介事地表演了他的"单指开瓶术"，然后躬身放在她面前。莉萨看了看瓶子，略带赞许地点点头："不错哦！怪不得寒意说这里是人间福地、世外桃源。"

郝松笑道："寒意没说这里是伊甸园吧！"

莉萨瞟了一眼郝松那粗短肥胖的身材，笑着说："亚当，你的肋骨可不好找啊！"

大伙儿又哄笑起来。

"来，欢迎新成员，"郝松举起手中的方杯，摇了摇冰块，"干杯！"

"干杯！"

"开始吧？"

"开始。"

郝松把那副捏在手里很久的扑克拿了出来，寒意开始附在莉萨耳边讲解游戏的规则，不过还没说两句就被莉萨打断了。"知道了，"她微笑着说，"玩过的。"

她的耳廓很薄，覆着浅浅的金色汗毛，耳垂却很饱满，像某种多肉植物一般充满童趣。

"第一把我当法官哈。"郝松先把自己的牌亮出来，大家翻看自己手中的牌。

陈愚翻开一看，红桃K。Bingo！

"天黑请闭眼，"郝松命令道，"杀手出来杀人。"

陈愚抬起眼,与郝松短暂对视了一下,环顾四周,把食指指向了莉萨。

郝松那双躲在厚镜片后面向来懒惰的眼睛瞬时瞪得极大,让人无端想起"决眦入归鸟"这句诗来。

他又冲陈愚皱了皱眉,意思是:"你确定?"

陈愚点点头,一脸的大义凛然:"确定。"他仿佛听到"砰"的一声枪响,看到一颗罪恶的子弹从他的食指射出,命中了她的左胸(她的胸也很美,似乎大一分便显得轻佻,小一分便有失性感),鲜血飞快地染红了她的白色丝质衬衣。她抬眼看了看陈愚,眼神疑惑又幽怨,眉头拧成痛苦的"几"字,最终合上了眼睛。

"杀手请闭眼——杀手请闭眼。"郝松再一次提醒道,"警察出来寻找凶手。"

天亮了,郝松说:"莉萨,把杯中酒干了吧!你被杀了。"大家的脸上都是错愕,陈愚也极配合地瞪大了眼睛,一脸的惊诧。

"莉萨,你有什么临终遗言吗?"郝松笑着问道。

"有句话叫作相爱相杀,我想杀我的人一定是爱我的吧。"这个"遗言"真是叫人刮目相看啊!

"哟嗬!"大家共同起哄,"那一定是寒意了。"

寒意哈哈大笑起来:"我是爱她,但真不是我杀她。"

李否嚷道:"肯定是王海豚。"

"就因为她喝的是啤酒吗?"王海豚说,"好不容易有个跟我一起喝麒麟啤酒的,我怎么可能舍得让她死。"

"那就是陈愚了。刚才他的脸都红了。"

"怎么可能是我！"根据游戏规则，陈愚为自己辩解，"莉萨这么美，我怎么下得去手。"

大伙儿又起哄了，陈愚的脚踝忽然被踹了一下，还挺狠。陈愚倒吸了一口凉气，抬起头看了看对面的易菲菲，她正煞有介事地端着一本《抱朴子外篇》在翻看，陈愚挂着笑脸把那口猛然吸进去的气缓缓吐了出来。

那场游戏从下午一直玩到天黑，好像是陈愚打开了潘多拉魔盒，几乎每一局都是莉萨最先被杀死，然后大家哄笑，似乎莉萨被杀死成了一种祭祀，只有完成这一步才能启动后面的程序。所幸莉萨开得起玩笑，当听到被杀死的消息后，总是自觉地端起手中的玻璃杯，一饮而尽，然后饶有兴趣地看着大家轮番表演。她的身边堆了七八个瓶子，但让人吃惊的是，她不仅没有任何喝多的意思，甚至连洗手间都没去。陈愚后面就特别好奇，那七八瓶啤酒是怎么装进她那修长纤细的身体的呢？

玩到后面，易菲菲有些兴味索然，显然今天的女主角已经换了，她成了B角。她拿着手机接了个电话，然后就再也没回来了。陈愚在一轮被"杀"之后，借口上厕所跑了出来，易菲菲正在走廊对面的小卧室里撸猫呢。小家伙叫玛雅，一只纯种雄性暹罗猫，据说是王海豚的某个前女友留给他的"遗产"——除此之外，还有周庄的油画、丽江的印花桌布、三星堆的青铜仿品、鼓浪屿的贝壳等，各种女友在不同时期留下的"遗产"，某种程度上成就了玉渊潭咖啡馆的琳琅满目。在找女朋友这件事情上，王海豚像一个刻苦钻研、富有挑战精神的科学家，孜孜不倦地寻找和研究不同的样本，采集数据，留下各种"标本"，然后迅速转身投入新的研究对象。而无论这算是优点还是缺点，他们几个早已适应。

“怎么跑出来了？”

易菲菲噘着嘴，没理他，兀自举起玛雅的双爪，说道：“玛雅，你说他们凭什么把你的蛋蛋割掉啊！怎么不把自己的蛋蛋割掉啊？他们发起情来，不也是原形毕露吗？”

陈愚哈哈大笑起来，叉开五指轻轻揉了揉易菲菲的脑袋。

她的头发已经不像过去那么柔顺了，陈愚心想，她那时多么有朝气啊，长发飘飘，脸上素净得如同刚从水里捞出来的白色鹅卵石，一双新百伦的慢跑鞋从冬天穿到夏天。他们像所有恋爱中的学生一样，整天整天待在一起，不知疲倦，一提百威啤酒能让他们坐在研究生楼的楼顶上数着星星到天明。

王海豚突然闯了过来，半身倚靠在门框上，贱兮兮笑道：“我要不要把门给你们带上？”

陈愚笑着说了一声“滚”。

“走了，吃饭了。郝松请大家吃烤羊腿。”

郝松的局

　　郝松是他们当中最阔绰也是最大方的，他热衷于张罗各种饭局酒局，大家吃得喝得也心安理得——谁让他是一集收费15万的编剧呢——尤其是他们当中的大多数已经适应了千字三五百的稿酬标准，这样的编剧费在他们的眼里简直就是不义之财，是必须打土豪的。

　　那次聚会之后大概一个月，郝松请客在五棵松喝啤酒，庆祝他又签下一部"烂片"。已经是盛夏了，女孩子都穿得很清凉，各种色别和规格的腿在华熙商城斑斓的灯光下穿梭，如同雨后的彩虹里长出的各种色泽鲜艳的蘑菇，有毒与否不得而知，但诱人是肯定的。郝松由衷地感慨："我喜欢北京的夏天。"陈愚没有说出来，私底下却深以为然。北京的夏天的魅力不仅在于有原始森林一般茂密的腿、沙漠一般起伏的胸，更有一种自由的精神，一种释放自我的气氛，一种青春洋溢的格调，这几乎与严肃古板的政治形象阴阳调和，形成默契。这个时候的北京更加可爱，让人心怀憧憬。郝松最先到，然后是王海豚带着李否，然后是易菲菲和陈愚，寒意和莉萨最后到，寒意依旧是水洗牛仔裤加圆领白T恤，胸前有个最近两年烂大街的"champion"标。莉萨穿了条牛仔短裤加超大的圆领白T恤，露出半个肩膀，既像是为了搭配寒意，又像是为了赴这个酒吧之约而精心准备的。相较之下，易菲菲的瑜伽裤就略显逊色了。

　　偷偷打量完莉萨的腿后，陈愚发现她的手正挽着寒意的胳膊，动作很自然。倒是寒意，胳膊像被一根无形的绷带固定了一半，进退两难地吊着。

"哎哟，寒意，不说点什么吗？"

寒意笑呵呵地说："大家好，这是我的女朋友莉萨。"

莉萨笑了笑，为了印证这句话一般特意把寒意的胳膊箍得更紧了。其他几个人迅速交流了一下眼神，他们都知道，寒意的太太是个中学英语老师，每年夏天都会回东北老家待上两个月，学生放假走，学生开学回，像候鸟一样准时。这个时候，寒意便会找个女孩陪他度过漫长的夏天，然后在9月到来之前分手。在找女朋友这件事情上，他不像王海豚那么精通，也不如他那么执着，但以他的性情、人品和文学成就，找个女孩并非难事——毕竟热爱文学的小姑娘还没有绝迹。

聚会的地点是一家叫"牛啤堂"的酒吧，郝松那天出手阔绰，把店里最贵的几种酒和小吃挨个点了一遍。易菲菲八卦道："郝松，你这是赚了多少钱？这么烧包。"郝松推了推鼻翼上的黑框眼镜，眯着被肥厚的眼袋挤得睁不开的眼睛笑了笑，举起杯子跟易菲菲重重碰了一下。寒意也端起杯子，开玩笑说："算了，我也不写小说了，给你当枪手吧。"

"你不行，"郝松有些醉眼迷离，"你以为谁都能当编剧吗？"

所有人都意识到郝松已经喝多了，寒意的酒还没喝，就这样尴尬地举在空中。陈愚赶紧拿起酒杯跟他碰了一下："干了哈。"

"你肯定以为我喝多了。但我没有。"郝松笑了笑，又说，"你体会过人家一口一个老师，却把你关在宾馆里，找人在门口看着的感受吗？你尝试过甲方说'这个逻辑有点问题'，你就得废掉十万字重写一遍的痛苦吗？你知道老板说'给她安排个角色，台词不能太少，但也不能太复杂，还不能跟任何男人有情感交流'，你内心奔跑过一万只羊驼，却还在点头哈腰的感觉吗？关键是——当你面对一帮花不出去钱的煤老板、面对一心想睡十八线演员的公子哥、面对挂着文化公司总裁头衔却连黄段子都讲不好的甲方爸爸，去讲述故事梗概或剧本大纲时，他们从鼻孔里喷出来的不屑你都得当成金点子恨不得用笔记下来，那种为了钱把尊严踩在屎里的罪恶感你能忍受吗？"

郝松端起一杯酒，而这时寒意杯子已经空了，他几乎是很郑重地碰了一下桌上的空杯，说道："寒意你不会，你做不到。你们都做不到。"

郝松干了杯中酒，长叹一声："你知道我为什么想跟你们在一起吗？我对文字的憎恶，得在你们身上找补回来。"

寒意望着莉萨，莉萨望着易菲菲，易菲菲望着陈愚，几个人面面相觑，气氛骤然有些冷，好在来了一个歌手，唱起了荒腔走板的《孤独的人是可耻的》。这时，一直在桌子一角的李否跟着哼哼起来，开始声音很小，后面声音渐渐大了点，感觉比台上那个流里流气的歌手还唱得好一点。郝松叫过服务生，冲他耳语一番，然后推了一把李否："去试试！"

李否一开始还有些扭捏，却架不住易菲菲和莉萨的一顿劝，上了台，跟键盘手聊了两句，音乐起，《清白之年》，然后李否的歌声像是从天上徐徐降落下来：

> 故事开始以前，最初的那些春天
> 阳光洒在杨树上，风吹来闪银光

甫一开口便把人镇住了，酒吧里的人纷纷放下手中的杯子、停下正在交流的话题扭过头去，似乎想确认是不是朴树亲临了现场。李否双手捏着话筒，眼神有些空灵，要不是一张娃娃脸，那做派跟朴树都有几分相似。酒吧里安静下来，只有李否那风吹麦浪一般的嗓音：

　　心里像有一些话，我们先不讲

　　等待着那将要盛装出场的未来……

　　一曲唱罢，掌声和口哨声响起，有姑娘高喊着："小哥哥，再来一个！"李否笑着没有理会，在众多男男女女追随的目光下走过来。"可以啊李否，一鸣惊人。""以前练过吗？"

　　李否咕嘟咕嘟灌了半杯啤酒，说："也就是在学校组个乐队唱着玩，下次学校有演出请你们去看啊！"

　　"好啊好啊！"大伙儿诚心实意地响应。

　　寒意说："要不我们干脆去唱歌吧？"见识李否的功力之前，寒意一直自诩是作家里面歌唱得最好的，主打歌曲是《吻别》，声音模仿张学友挺像那么回事。没人响应，郝松喝得已经有点多了，闭着眼睛嘴里嘀嘀咕咕的语焉不详。易菲菲面露难色，陈愚知道太晚回去可能家里交不了差。他善解人意地说："不如今天先到这里，我们明天还要加班推稿子。"

　　"那就散了吧。海豚你送一下郝松。"寒意有些兴味索然，搭着莉萨的肩膀走了。

易菲菲和他的孤独情事

出了酒吧，华熙LIVE的南面，就是享誉全国的某总医院，气派方正的建筑顶上，鲜艳的领袖题字点亮夜空、傲视苍穹。时值深夜，医院的大门早已紧闭，广场上却三三两两地打着地铺，有的垫着一床草席，有的干脆是报纸。从外地慕名而来的病人或家属为了一个号，连夜在这里排着队。那些手里提着标记着全国各个医院的CT、核磁等片子的病人，如同孤独的鬼魂在广场上游荡着。

"看啥呢？车来了。"易菲菲拍了拍他的脖子，陈愚赶紧拉开车门，把易菲菲安顿在后排，自己便要往副驾驶去。

"你过来！"易菲菲的语气有些重，不容置喙。陈愚便老老实实地坐到后面来。易菲菲伸出手来，捉住他的手，把五个指头插进了他的手指缝里。陈愚扭头看看她，笑着没说话。

车上了西四环，陈愚把车窗按下来，巡视着夜色下的北京。自他10年前考上人大的研究生，到两次从省里的宣传部门被借调过来，兜兜转转在这个地方待了5年了。相比他从小生长的那座阴雨绵绵的南方小城，这里粗犷又细腻，傲慢又包容，人与人之间距离更远，却无论什么样的角色都能在这里找到同类。在古板严肃的政治面孔背后，它像热带雨林一样富有层次感，物种的丰富性构成这座城市的最可亲可敬的特点。

他喜欢这座城市。

"看啥呢？"

陈愚回望了一下，易菲菲正笑盈盈地看着他。或许是易菲菲比他大了一两岁的缘故，她看他的眼神通常都是怜悯的、包容的，带着母爱的慈悲。

　　"没啥，想起咱们毕业时的一些往事了。"易菲菲听了这一句，把他的手攥得更紧了，头也偏过来倚靠着他的肩膀。

　　深夜的路上很通畅，车从紫竹院路拐了个弯，便是中关村大街。这条路他们俩是多么熟悉啊！左手边就是国图，他们一有空就过来蹭网吹空调、看小说写论文、躲在角落里接吻，如痴如醉；往北是魏公街，有易菲菲最爱的地铁奶茶和陈愚钟情的童心厨屋，站在街口可以看到对面的军艺，里面有穿军装的身条很好的姑娘；再往北到了魏公村地铁站，西边有两家咖啡馆，一家叫"雕刻时光"，还有一家名字不详，门脸极小，里面破破烂烂更像个旧书店，一只眼神不怀好意的加菲猫总喜欢趴在窗台上晒太阳。易菲菲给那只猫取了个名字叫巴别尔，每次过去总是巴别尔巴别尔地叫着，还给它带进口的金枪鱼罐头，为此陈愚还有些耿耿于怀。

　　易菲菲的电话响起，陈愚瞟了一眼，来电显示"老公"。陈愚赶紧把头向窗外扭去。这时，两个人的手指默契地分开。易菲菲用那个腾出来的手捂住电话，尽管这样，陈愚还是没有办法装作听不到。幸好此时陈愚的手机振了一下，是先前添加莉萨为微信好友，她的验证信息——我这么美，你怎么下得去手。

　　陈愚禁不住笑了一下，回了四个字：相爱相杀。

　　"笑啥？"易菲菲已经挂了电话，回过头来问他。

　　"哦，没啥，一个朋友发来的段子。"

"我看看。"

"别看了，三俗。"陈愚搪塞道。

"女孩子吧？"易菲菲瞟了他一眼。陈愚忽然之间有些恼怒，没说话，再次把脸转向窗外。易菲菲挽住他的胳膊，八卦道："上次你说你们领导安排你去相亲，你到底去了没有啊？"

"去了。"陈愚很诚实。

"怎么样？"

"不怎么样。"给他介绍对象的，有副局长、巡视员、处长，也有部里面其他局的领导。出于礼貌，能见的他都会遵照指示见一见，然后吃顿饭或者喝杯咖啡，礼貌地告辞。与领导安排的"对象"相亲，是陈愚业余生活的重要组成部分。所幸陈愚供职的部门算是手握"权柄"，领导的整体素质应该属于这个体制里比较优秀的，所以哪怕是在介绍对象这个问题上，也是有板有眼，极少出现"不靠谱"的状况。

印象深刻的只有两个，一是某领导安排与一个姑娘在五道口的漫咖啡见面，年龄与陈愚相仿，长相大方，谈吐优雅，彼此聊得还算欢畅，快结束的时候，女孩主动加完他的微信，问道："喜欢孩子吗？"陈愚下意识回答"当然啊"，随后便反应过来。陈愚体面地结束了那次谈话，并在回去的路上向那位领导致以诚挚的感谢。

还有一次，陈愚受命与一个女孩相见，地点在后海边上，时间是晚上7点，但陈愚等了40分钟女孩还没来，陈愚看了看表，准备把手机中的一局游戏打完就撤。这时女孩过来了，穿得很清凉，下臀线依稀可见，脸上被手术刀雕琢得像一件动漫作品。

"你就是陈愚？"陈愚忙退了游戏起身："你好！我就是。"陈愚招来服务员，"喝点什么？"

"不了。我还有事，坐几分钟就走。"

"嗯。"

"首先我申明一点，"女孩从包里掏出小镜子和口红，补了补妆，"不是我要来的，是家里逼着我来的——我有男朋友。"

"哦，"陈愚笑了笑，"我也是受人之托忠人之事。"

女孩似乎愣了一下，看了看他，然后继续打开她的小镜子，给睫毛刷了两下。妈的，陈愚在心里骂道，到底是从哪一年起中国人的审美就被日本动漫给带跑偏了？

"这样的话，咱们就算是完成任务喽。"陈愚起身，稍微点了点头，"有缘再见啦！"

过了银锭桥，陈愚沿着后海往北走。此刻酒吧还不算喧闹，太阳也没有完全掉下去，粼粼霞光投射在这座繁华都市最负盛名的水域里，让人产生一种宁静安详如世外桃源的错觉。

"嘿，嘿。"如此几声之后，陈愚才意识到有人叫自己，他回过头去，女孩正夹着一支"艾喜"摇头晃脑走过来。

"我叫陈愚。"

"嗯，这次记住了。"女孩的表情明显松弛下来，"请你喝一杯？"

"我请你吧。"

那天晚上后来发生的事情，构成了陈愚人生经历中屈指可数的几次——One night stand。事后，陈愚一遍又一遍回味那天晚上的来龙去脉，迷幻如一场夏夜春梦。酒精在血液里左冲右突，陈愚像一个听到紧急集合哨却找不到装具的新兵，笨手笨脚地剥下对方的衣服，后面的过程很顺利，就像一把质量可靠的钥匙打开一把质量可靠的锁。女孩趴在他身上，如一个经验老到的驯兽师。河流湍急，浪花拍打着他，把他朝岸上推去。潮水退去，陈愚醒来，女孩已经消失不见了。要不是看到床头的"智选假日"，陈愚更愿意相信这就是一个梦——和他过去许多个寂寞的夜晚做的梦并无二致。陈愚有些忧虑，如果让给他牵线的领导知道他相亲当晚就把人睡了（其实用被动语态更准确），他为留在北京所做的努力很可能就会前功尽弃。所幸后面再没人找他，陈愚又感到有些失落，他开始怀念那天晚上女孩像个驯兽师一样骑在他身上威风凛凛的模样，可是，她连微信都没有给他留下。

"又发愣呢！傻子。"这是他们谈恋爱的时候，易菲菲对他的昵称。每次从睡梦中醒来，易菲菲总喜欢撑起一只胳膊，伸出另一只手来拍着他的脸蛋，不厌其烦地喊他："傻子傻子傻子，我的陈傻子。"

"哦，没啥。"

"说说你喜欢什么样的？"

莉萨那样的。陈愚就差脱口而出了。美，知性，温柔，善解人意。可惜是寒意的女朋友。她怎么能做寒意的女朋友呢？就因为他小说写得好吗？她不知道寒意已婚吗？想起这个，陈愚又有些愤怒了。凭什么有人多吃多占，有人却孑然一身？话说回来，每个人都有选择人生、追求幸福的权利，这不正是自由的体现吗？婚姻又怎么样？不就是枷锁吗？

想起这些，陈愚又为自己的幼稚感到好笑了。

"你笑什么？"

"没什么，"陈愚说，"照着你这样的来一份就好了。或者克隆一个你也行——我不介意复制品。"

这话易菲菲果然受用，搂着他的脖子猛地啄了一口。停下来后，她又面露忧伤，关切道："相亲还是要相的，万一有合适的呢。"

陈愚笑了笑："我的相亲故事，够出个短篇小说集了。"

"你知道吗，等你正式调过来了，你会更抢手。体制内的适龄未婚男青年在北京可是香饽饽。"

"嗯，奇货可居。你到时在我背上插根草，把我扔在新中关那里叫卖就行了。100万起，价高者得。"

易菲菲咯咯笑了起来，拍着陈愚的脸喊道："你这个傻子啊！"

司机点了点刹车，沉闷地说："到了。"左边的车门打不开，于是陈愚先下车，易菲菲再下车。她抱了抱陈愚，说："按时吃饭哪。少喝点酒。遇上不错的，就试着交往一下。"

陈愚笑着应道："好嘞。"

司机探出头来，瓮声瓮气："走吧？"陈愚回到副驾驶，放下车窗向后面摇了摇手。

后视镜里，易菲菲的影子一点一点变小，却始终站在那里。陈愚蓦地有些感动。

寒意的围城

李否说到做到。八月底，校园音乐节，他作为"寻鹿乐队"的主唱，在"玉渊潭咖啡馆"里发信息邀请大家参加。群里响应寥寥——寒意随一个采访团去了广东、福建，郝松被剧组关在青岛写本子，易菲菲跟她老公去了札幌，只剩下陈愚和王海豚。陈愚原本是想去798看一个展览的，但一想到李否第一次邀请便是这种局面，有些不落忍，便应了下来。

"太无聊了，"王海豚私下发了个信息，"我带个姑娘一起去。"

陈愚发了个"请便"的表情。

"要不你邀请一下莉萨？"寒意并没有把莉萨拉进群里，原因不得而知。陈愚正有此意。这是一个周五的下午，近期没有出差调研，没有集体政治学习，也没有发函发通知，甚至也没有领导安排他相亲，这样的清闲甚至让陈愚产生一种不踏实的错觉。他把一堆理论学习材料摆在前面，却半天没有看进去一个字，打开莉萨的微信，字斟句酌半天，最后还是选择单刀直入：明晚有空？李否他们学校音乐节，可否邀请你一起？

陈愚刚把手机装进裤兜，微信提示音就响起：好哇！

她甚至没有问还有谁一起！陈愚抑制不住兴奋，抬头向窗外望去，目光越过和他同一个办公室的"副处调"那营养不良的脑袋，投向湛蓝的天空和连绵的白云。"我要是温柔起来，像一朵穿裤子的云。"他无端想起马雅可夫斯基的那一句来。他觉得他此刻的心中，也像被云朵塞得满满当当的。

周末。七点半的演出，他六点半就抵达京大东门站。这个时节的北京依旧有些溽热，陈愚躲在地铁出站口一边听着歌，一边等着莉萨和王海豚。冷气沿着楼梯扑面而来，很快便稀释在嘈杂的中关村大街上了。

"嘿。"一只手伸过来，摘掉了他的耳机。

"咦，你什么时候上来的？"陈愚看见莉萨颇感意外，"我一直盯着自动扶梯都没见你。"

"哈哈哈哈，"莉萨笑着指了指旁边，"那是因为你没看楼梯。"

"为啥不搭电梯？"

"减肥啊！"

陈愚退了一步，冲她浑身上下扫了一眼，略微做出夸张的表情："你这身材还减肥啊！好歹给其他女生留条活路嘛。"

"哈哈哈哈，"莉萨再次哈哈大笑起来，"可以嘛陈愚，之前怎么没见你这么会哄女孩子。"

"你也没给我机会展示嘛。"

"怪不得。"莉萨笑着歪脑袋打量着陈愚。

"怪不得什么？"

"怪不得寒意说你是闷骚男，哈哈哈哈。"莉萨又大笑起来。

"我就知道寒意不会说我什么好话。"

"不不不不，"莉萨收住笑容，"他说你好。你们这群人里，他对你评价最高。"

"我开玩笑的。"

"我是严肃的，"莉萨说，"他把你写的东西发给我看了，很棒。"

"那完了。"陈愚挠挠头，"早知道你会看，我就再写好一点。"

"你的问题在于——"莉萨一本正经，"写得太少了。"

"嗯，"陈愚叹了口气，"没办法，机关太忙了，我又是个借调的，周末加班都是常态。"

"我知道的，"莉萨说，"我一个舅舅好像就跟你们一个单位，忙起来几天都不着家的。"

陈愚有些失神，没有搭腔。

"期待你后面的作品，"莉萨又笑了起来，"话说我今天还参加了一个作品的发布会，我是从会场赶过来的。"

"哦。"陈愚心不在焉地应和道。

"你不问问是谁的发布会？"莉萨有些好奇。

"兴趣不大，"陈愚一脸的玩世不恭，"菜市场卖不出去的东西才使劲吆喝呢。"

"哎！"莉萨吸了一口气，"你这嘴可够损的。"

"我跟人去过一两次，没啥意思，无外乎就是请二三十个观众听三两个人吹牛，聊的内容嘛，除了吹捧还是吹捧，似乎谁都是被时代埋没的天才，而他们怀着崇高的使命，去向文学界提示这种埋没是多么不可原谅。作家嘛，写好东西就行了，干吗跟个演员一样热衷于上台。"陈愚意识到话有些多，"我是不是冒犯你了？"

莉萨这才扑哧一下笑出声来，作势拍了一下陈愚的肩膀，说道："在大机关磨了这么久还是很愤青啊。"

"一切皆可圆滑，唯有文学要保持棱角。"

"嗯，肃然起敬。"莉萨笑过后，"你说的倒是事实，今天在言几又书店的二楼，主持人、作者、嘉宾加读者，一共二十来人，其中好几个还是我们请过去的媒体记者。太尴尬了。"

"文学嘛，本来就是自说自话。都是吃语。"

"都是啥？"

"吃语，"陈愚换了个词，"梦话。"

莉萨逆着光，再次仰头端详了他一下，点点头。

"嘿，"正聊着，王海豚牵着一个女孩的手从扶梯下面缓缓升了上来，"你们先到了哈。"

那女孩看上去像刚刚成年，瘦，骨架伸展着却没多少皮肉，似乎等着时光慢慢填充，穿着松松垮垮，脸上写着满不在乎。陈愚那一刻有一个下流的想法，瘦骨嶙峋的女孩和同样瘦骨嶙峋的王海豚，他们躺在一起做爱的时候，是谁会硌到谁呢？

"嘿。"陈愚和莉萨回应道。女孩没啥反应，攘着王海豚的手扭头看向外面。陈愚和莉萨交流了一下眼神，礼貌地闭嘴了。李否已经在校门口等着，把他们接进去了。

校园音乐节还是千篇一律的热闹，一群胸怀梦想、天真烂漫的还没有被生活重捶过的青年聚集在塑胶操场，高唱着爱情、理想、生命与时代。他们什么都不懂，所以他们歌唱，陈愚有些阴暗地想，等到有一天他们真的明白了这些，他们就唱不出来了。

李否的"寻鹿乐队"出场是在一个重型摇滚后面，可能调音师过于外行，李否的歌声完全被器乐盖住了，效果并没有出来。唱完一曲后，他们在嘘声中狼狈地从台上跑下来。贝斯手一脸愤怒，似乎要去找调音师算账，被李否给拉住了。

"对不起对不起！"走出来的时候，李否一脸歉意，陈愚他们赶紧说"挺好的挺好的"，一边齐声数落起调音师来。李否依旧是一副打了败仗的样子："表现得太丢人了！还把你们请过来了。"他像是要为这糟糕的表现埋单一般，他说："我请大家喝酒吧。"大家热烈地响应了，似乎好好喝一场，才是此行的真正目的。其他的，都是前戏，是铺垫。

陈愚记得刚来北京的时候，路边摊还有，油迹斑驳的聚丙烯材质的桌子，放着同样油迹斑驳的卷纸筒，几个红色的腿脚残缺的凳子彼此拴成一圈，地上到处是竹扦和卫生纸，空啤酒瓶作为战绩码在桌子一角，形成可笑的攀比，猜拳的声音和京骂此起彼伏，大号电风扇在烧烤摊前方鼓着风，把孜然辣椒味的烟吹向远处。

现在文明了，室内规规矩矩坐着，每人发上一件塑料围兜、一双手套，每一桌头顶上还安着一根排风管，确保吃完之后衣服上不会残留气味。李否扫码点餐，这家烧烤店名曰"小骆驼"，除了烧烤之外陕西小吃十分地道，红油汪汪的凉皮、香甜浓稠的枣糊粥、表皮烤得酥脆的腊汁肉夹馍等都是网红菜品，服务员攥着刚烤好的串在大堂里走来走去，想吃啥就拿啥，最后数扦子就行。烤串上来之后，王海豚旁边一直沉默的姑娘的脸色终于活泛起来。她瞅了一眼王海豚，似乎是得到许可后才拽起一根鸡爪啃了起来。陈愚和莉萨又对视了一眼，默契地笑了。

李否从冰柜取来"泰山7天"啤酒和白色搪瓷缸子，给大家每人倒上一杯。姑娘挥舞着已经被咬残的鸡爪子义正词严地拒绝了，王海豚好脾气地让服务员给她拿了一瓶冰峰汽水。陈愚有些赌气地端起搪瓷缸子，提议大家干一杯。缸子有点大，陈愚坚持喝完了，然后盯着王海豚，把自己的缸子倒过来，说："海豚，你这次的标准有些低啊！"

李否和莉萨都听明白了。王海豚翻了翻白眼，没说话，端起搪瓷缸子把剩下的那点全喝完了。李否赶紧岔开话题，说没想到这次音乐节的效果是这样，让大家扫兴了。

"没有没有。"莉萨和陈愚打着圆场，开玩笑说他们来的真正目的是喝一顿。

陈愚的手机"嗡"了一下，低头一看，是寒意，于是陈愚的头也跟着"嗡"了一下。他一扭头，莉萨正在剥一个毛豆。"怎么了？"

陈愚看她一脸无辜的表情，摇摇头，打开手机。寒意问：忙不忙？

陈愚拍了张烧烤的照片发过去。

寒意回信：方便回个电话。

陈愚打了个招呼便出了店门，接通了寒意的电话，他准备好了应对寒意的兴师问罪。寒意的声音有些颤抖："黄雯怀孕了。"陈愚迟疑了大概五秒，才想起黄雯是寒意的太太。陈愚下意识说了一句："那恭喜你啊！要当爸爸了。"

算起来，寒意和黄雯结婚7年了。是的。研究生毕业那一年的"五一"，陈愚的导师带他和易菲菲去参加的婚礼。那时寒意、郝松是人大首届创意写作班的学员，他们的班主任也是陈愚的导师。两个班的课程多有重合，正因为如此，他们才彼此认识，成为好朋友。

　　婚礼是在贝聿铭设计的香山饭店举行的，那是陈愚第一次参加草坪婚礼，浪漫奢华自不必说，新娘子也很漂亮，只是寒意像个赶鸭子上架的新郎官，西装紧巴巴套在身上，胡子也没刮干净，致辞的时候竟然还磕磕绊绊，完全没有谈论文学时候的从容自在，好在大家都没有计较这些。《婚礼进行曲》响起，陈愚感到易菲菲攥着自己的手在轻轻颤抖，易菲菲咬着陈愚的耳朵说："以后我们也要在这里举行婚礼。"

　　一晃竟七年过去了。

　　寒意的太太，陈愚只在他们结婚的头几个月见过两次，印象中她是一个温顺沉默的女人，坐在寒意身边，看他喝酒，看他抽烟，看他高声跟人谈论文学，她只是偶尔笑笑（或许谈论文学本身就是一件可笑的事情），只有在寒意喝多了开始缠酒的时候，她才会轻轻地说："别喝了。"后面寒意就不带她了，或许在她看来，没有比一群自以为是的作家在一起喝酒谈论文学更幼稚可笑的事情了。

　　"我的婚姻就像一堂英语课。"寒意说，"我既听不懂，也不愿意听，但还是得规规矩矩坐着，因为这是一个学生应尽的义务。"他把他们婚姻的问题归咎于两个人的志趣不一样，比如他喜欢烧烤、啤酒、美剧和纳博科夫，而她喜欢的是烘焙、奶茶、综艺节目和男明星。寒意热衷于群居生活，隔三岔五总要和大家混在一起，而黄雯更喜欢有距离的生活。作为一个作家，寒意对他们婚姻的BUG分析未免过于庸俗。而事实上，婚姻的本质就是庸俗，就是家长里短、柴米油盐。每一个躁动的灵魂不甘囿于婚姻的牢笼，这是大多数婚姻让人焦虑的本质。

对此，郝松或许看得更准。他说，寒意的婚姻岌岌可危，最根本的原因是他们没有孩子。

寒意无疑是喜欢孩子的。有一次聚会，有个朋友带着五岁的儿子参加，寒意的眼神几乎从头到尾没有离开过小男孩，他差不多把那家店能做的甜点都点了，又专门去外面给孩子买了酸奶，而且在郝松点烟的时候几乎是暴躁地制止了他，把大家搞得有点不自在。陈愚也记得，寒意的小说里好几次写到孩子，有些千篇一律，无外乎是天使般的模样。陈愚有印象，在他的小说里不止一次说过：孩子是救赎，是宽恕。

可是，他们迟迟没有生育。据寒意说，一开始是黄雯不愿意，等到几年后黄雯愿意了，却发现怀不上了。求医问药方法用尽，就是没动静。两人有些气馁，更加貌合神离。太太一到暑假便躲回东北避暑，一到寒假便跟爸妈去海南过冬，周而复始，像一只候鸟。

"一只候鸟和一只留鸟怎么会生活在一起呢？"寒意喝多了自嘲道。每年夏天，寒意总是带来不同的女孩子和他们聚会，然后一到秋季来临她们便像被施了法术一样消失了。陈愚开始以为莉萨也是扮演这样的角色，后面越来越发现不是那么一回事。就在前一周，在广渠路的郝松工作室，寒意郑重地和陈愚、郝松探讨离婚的可能性。

"你想和莉萨在一起？"

"是。"寒意把一只手放在桌上，看神色却像个基督徒把手放在《圣经》上一样。

"坦白说吧，我过去以为婚姻也就这样子了，凑合过吧。直到——我和莉萨开始交往。"寒意咽了口唾沫，像一粒小石子扔进深潭一般发出清晰的声响，"你们也能感觉到，她和我过去找的不着四六的女孩是不一样的。"

"所以，是她跟你提出来的？要跟你在一起？"郝松推了推眼镜。

"没有，"寒意摇摇头，"她从来没跟我提过。越是这样，我越是想有个——结论。"

"她愿意跟你在一起吗？"

"我想应该是的，"寒意说，"我们相处很愉快、很默契。简直像——太极图一样吻合。"

陈愚不动声色，轻轻叹了口气："她是挺好的。"

郝松意味深长地看了陈愚一眼，点了点头，表示认同。

"所以，我要离婚。"寒意斩钉截铁。

"我支持你。"

"我也支持你。"陈愚说这句话的时候，隐隐感觉到一阵钝痛，像被一把榔头迟缓却精准地砸中了自己的心脏。

"嗯，你要好好给我参谋。毕竟你离过婚，有经验。"寒意突然冲郝松开了个玩笑。

郝松笑着骂了一声。

"喂——陈愚你在听吗？"

"啊？！"陈愚从过去的纷繁中缓过神来，"在呢，在听。"

"造化弄人啊。"寒意在那头叹了口气。尽管是叹了口气，陈愚却听出来一种老来得子的喜悦。陈愚明白了，说："跟莉萨解释清楚吧。"

"可是……"寒意变得婆婆妈妈起来，"莉萨确实挺好的。"

陈愚忽然有些愤怒，他讥诮道："可是不能三妻四妾嘛！"

寒意在那头没作声。陈愚说："你现在最应该做的，是飞去东北你老丈人那里，好好陪着你太太。至于莉萨——""小骆驼"外面就是一座天桥，陈愚不知不觉中走上了天桥，刚好可以平视二楼坐在窗边的那一桌。莉萨靠窗坐着，长发垂落在肩上，轻轻抿着一杯啤酒，时不时被李否和王海豚逗乐一下。"她那么好，你以为会吊死在你这棵又老又不值钱的，除了会写几篇破小说，其他啥都不会的歪脖子树上吗？"

陈愚挂了电话回到桌上，李否正在结账。"怎么去了那么久？我还以为你开溜了呢。"陈愚看了一眼莉萨，说："接了一个朋友的电话，被甩了，要死要活的，劝了半天。"

王海豚带着姑娘去开房了，李否步行回学校，陈愚坚持送莉萨回望京。这时地铁已经停了。莉萨直到快车来了还在婉拒，陈愚却不由分说坐进了车里。

上车后，莉萨问："刚来电的是寒意吧？"

陈愚的眼睛一下子瞪大起来："他跟你说啦？"

莉萨笑笑："没有，我猜的。"

陈愚松了口气："第六感。"

"嗯，第六感。"莉萨说完扑哧一声笑了出来。

陈愚想起"第六感"是个安全套的品牌，或许莉萨的笑点在这里吧。他故意问："你笑什么？"

莉萨笑着说："没什么。"

"威猛先生和太太乐。"陈愚心情好，决定"开个车"。

"嗯？"

"听过这两个品牌吗？"

"听过啊，洁厕净和调味用品。"

"有人说，这两个牌子其实听上去更像是情趣用品。"

"哈哈哈哈。"前面的司机爆笑起来。这一笑彻底把莉萨逗乐了。莉萨捂住嘴笑了差不多一分钟，偏过头来说："你还真是个蔫儿坏。"

"这也是寒意说的？"

"我说的。"

"好吧。形象已然坍塌了。"

"对了，寒意这么晚找你，是有急事吧？"

"没有。"陈愚搪塞道，"你知道的。他一喝多就喜欢拉着人聊文学。"

莉萨又笑了起来："对对对，感觉他扛着当代文学的大旗。"

陈愚试探着问："你觉得寒意怎么样？"

"挺好的啊！小说写得确实很不错，可惜还没长篇出来。我一直等着他的长篇呢。"

"我是说，"陈愚打断她，"你觉得他人怎么样，作为一个男人？"

莉萨扭过头来盯着陈愚的眼睛，似乎想从他眼神里寻找什么线索。跟莉萨一对视，陈愚两秒便败下阵来。他把脸扭过去，看着驾驶位置。

"他是个优秀的男人，宽厚，善良，幽默，古道热肠。有点文人的放浪，也有点侠士的风范。"莉萨说完，征询似的再次看着陈愚。

陈愚的嘴唇张了几次，却最终忍住了。

"陈愚，我知道你要说什么，"莉萨低下头，"我不想，也不会为难任何人，但我也不希望每个人拧巴地活着，毕竟，生命何其短暂。如果有选择，那就听从内心的想法；如果没有选择，那就听从命运的安排。"

"这句话，谁说的？"

"嗯？"

"讲得真好！"陈愚由衷地赞叹。莉萨脸上的表情又活络起来。"我还一直想八卦一下你和易菲菲呢。咋回事？听寒意说，你们也曾一度谈婚论嫁啊。"

"嗯，"陈愚叹了口气，"毕业之前，我们俩都在她现在工作的报社实习。后来那里只要一个人，她比我优秀，就留下来了。"

"我怎么听寒意说，本来留的是你，后面你主动退出了。"

"寒意还挺八婆的，"陈愚说，"他还跟你说了啥？"

"说你回去后考了你们湖南的公务员，进了省里的宣传部门。"

"然后呢？"

"易菲菲一直等着你。你当时对调过来没信心，又怕耽误她，就骗她说有了对象，快结婚了。"

陈愚轻轻吁了一口气，像是担心被人听到一般。他调动着脸上的肌肉，笑着说："结果她一气之下，闪婚，嫁了个卖止咳糖浆的。"

"哈哈哈哈，看来是真的。"

"止咳糖浆这个梗，千万不能在易菲菲面前提。不然她会泼你硫酸的。"

"为啥？"

"因为事实就是这样啊！"

"真的吗？哈哈哈哈，笑死我了。"

"不要小看止咳糖浆，人家现在身家过千万。"

"不不不，"莉萨止住笑，"我有复发性的支气管炎，一到冬天就离不开这玩意儿，所以我对止咳糖浆肃然起敬。哈哈哈哈！"

莉萨笑起来原来也是如此豪放！

"莉萨，"陈愚止住笑，"作为寒意的朋友，我不该告诉你，因为这不厚道。但我忍不住——我更希望你好好的。"

司机踩了个急刹车，莉萨的笑声也踩了个急刹车，她有些愣神地看着陈愚。

"寒意，当爸爸了。"

待拆的咖啡馆

这是陈愚在葬礼之前最后一次见到莉萨，也是最后一次见到倒下之前的李否。

李否的病来得很突然。音乐节之后一周，他和他的乐队正在排练，一首歌唱到高音的时候，李否突然卡住了。"你们先练，我有些头晕。"这是李否说过的最后一句话。大家一开始还调侃他发挥失常，后面见他斜靠在长椅上没动静也就不管他了。直到排练结束去叫他，才发现他已经无论谁都叫不醒了。

王海豚拉着陈愚去北大医院看了他。他躺在那里，气色尚可，却毫无知觉，心电监测仪上，那条红色齿状线均匀而单调。李否的妈妈从山西忻州过来了，这个瘦小、黝黑的女人看上去还算年轻，只是眼睛红肿着，对周遭的环境还有些发蒙。王海豚的眼睛也红着，坐在床头攥着李否的一只手，直愣愣地看着他。尽管医生说了凶多吉少，在陈愚他们的意识里，还是坚信他一定会好起来，而且肯定是某天忽然醒过来，就像周末睡了个懒觉一般，伸伸懒腰，元气满满地坐起来，洗脸刷牙，换上干净的鞋袜去吃豆浆油条或者咖啡面包，然后约他们喝酒看电影吹牛，直至放倒在桌上。至于医生的话，向来危言耸听，见鬼去吧。

陈愚第二次去医院，是寒意从东北回来（接回了已经显怀的黄雯），大家约着一起去的。李否的妈妈坐在病房里，她看上去已经适应了这里的环境，也接受了李否躺在这里的事实。她似乎很久没有跟人说话了，看到他们过去竟然有些兴奋，拉着寒意的手喋喋不休。李否依旧躺着，神色和十多天前并无不同。郝松牵头，大家凑了五千现金交到他妈妈手里。他妈妈千恩万谢接过了，一直把他们送出医院大门。

沿着小道往南，便是元大都遗址公园。四人信步前行，寒意问王海豚："他还有多长时间？"

"说不定，医生说有可能三两个月，有可能三五年。"

"还能醒过来吗？"

"几乎不可能了。"

"那还不如早点，"郝松叹了口气，"对他本人和家庭都是解脱。"

王海豚迅速从背包侧兜里翻出一副墨镜戴上。李否是经王海豚介绍才加入他们的，而他们的相识据说是因为一次诗歌笔会。当王海豚向他们热切推介李否，并征求群主郝松的同意拉进群时，寒意和郝松对此非常抵触，郝松甚至不屑一顾地回绝了他："你不要把阿猫阿狗都招过来。"因为这一句，王海豚一气之下退了群，后面陈愚好说歹说和了半天稀泥才又给加了进来。

后来，只要大家相聚在玉渊潭咖啡馆，李否一定在（毕竟这里是王海豚的地盘）。他年龄最小，给大家跑腿接人送餐取快递等很是殷勤，大家也没有明确反对，直到有一天，郝松多嘴问了一句："李否你从山西高考考过来，分数应该不低吧？"

李否正在给外面送来的烤鱼支架子，他头也不抬地回了一个数"707"，大家顿时把嘴巴张成圆形，一副肃然起敬的表情。王海豚补了一句："他前不久雅思英语考了多少你知道吗？9分。"

于是大家的嘴巴张得更大了。

那天之后，郝松主动把李否拉进了"玉渊潭咖啡馆"。

郝松问："听说他去普林斯顿大学的签证已经拿到了，是吗？"

王海豚点点头，陈愚走上前去，拍了拍他的肩膀。

"天妒英才啊！我是没见过理工科那么好，还会写诗、会唱歌的天才。"

"我也没见过你这样的，我们这一届唯一一个本科没毕业的，现在却成了准一线编剧、我们同学中最有钱的了。"每次活跃气氛，最便捷最有效的办法就是寒意拿郝松开涮。

"劳驾您把'准'去掉可以吗？"郝松的调门高了起来，"寒意你能好到哪里去，你的英语四级还是买答案过的呢。"

寒意没搭理他，转身问陈愚："易菲菲呢？最近也不见写东西了。"

陈愚笑道："写啥呢，她现在最需要做的是保养好自己，不让脸上的胶原蛋白流失。"

"可惜了可惜了。"寒意感慨道，"她文笔多好啊。"

"莉萨呢？还联系吗？"陈愚问得小心翼翼，不动声色。

"发过几次信息，除了关于新书出版的内容，其余的她都没回复。"

"挺冷静一女孩，"郝松感慨，"她什么星座来着？"

"天蝎吧。"

郝松忽然对着陈愚问了一句："你是啥星座？"

陈愚慌了一下神，仓促回应道："不知道，听易菲菲说是双鱼吧。你还研究这个？"

"编剧行当，啥都得懂一点。"郝松又开始显摆他的博学，"我们做项目，都会看看制片人、导演、演员的配置，星座知道了，合不合得来就有个谱了。"

"所以，你问陈愚啥星座是什么意思？"王海豚忽然问道。

"没啥意思。"郝松把他那黑色素沉淀的大眼泡眯上，又瞟了陈愚一眼。

"去我那儿坐坐吧！"

"不行，我得回去赶稿子。"

"我也要给黄老师准备体检和建档。"

"我——"

"随你们，"王海豚粗暴地打断陈愚，他猛吸了一口电子烟，狠狠吐出来，"那地方马上就要拆了，后面想去都没机会了。"

果然，那幢笨重的苏式建筑外墙已然画了一个白色的圈，圈里是一个"拆"。"到底是机关大院，这拆字写得都比别处有气势，寒意你看，起手是不是有点'二王'的意思。"对于郝松的卖弄，大家并不买账。天阴沉沉的，秋分之后竟然有些凉意，大家长久地伫立在那个巨大的拆字面前，像一群遗老对着前朝的断壁残垣长吁短叹。

"《长空文艺》12月停刊，我也马上就要失业了。"

"为啥？！"

王海豚把玩着手里的电子烟，漫不经心地回应着："我2008年来的时候，这个杂志发行量是一万册，后面一年比一年少。去年是两千，到今年呢，每印出来一期都愁往哪里堆——地下室已经堆满了。最主要的是，没人写了。现在一期杂志，八十个页码都凑不齐，只能把机关报纸的通讯稿改一改放报告文学栏里。最主要的，今年机关缩减行政开支，竟然把出杂志的经费给拿掉了。"

"对了，说起来你还欠我两篇小说的稿费呢。"寒意一把薅住王海豚的背包。

"你到玉渊潭咖啡馆来了这么多趟都没买过单，还好意思要稿费。"

郝松挠挠他那墩布似的长头发，笑道："要不你们开个栏目刊载剧本，我每个月提供八十个页码的稿子。"

"登姐夫勾搭小姨子的剧本吗？我还不如登陈愚写的材料呢！至少三观没问题。"

"滚滚滚……"

几人闹过之后，寒意问："后面打算怎么办？"

"回兰州。"

王海豚说完这三个字之后，大家再也没有说话了。

清白之年

　　周六，陈愚从半地下室的单身宿舍的被窝里艰难地爬起来。昨晚隔壁的两口子不知道发了什么疯，先是吵架，然后是砸东西，再然后是女的号啕大哭，后面哭声渐小，变成喘气，此时已经过了一点，两口子丁零咣啷像敲麦芽糖一般敲了十多分钟，声音透过暖气片传来，清晰到完事了从纸筒里抽纸的声音都能听见。陈愚半躺在床上听着那丁零咣啷的声音，身体胀鼓鼓的，脑子里横七竖八全是莉萨的身影。夏天的莉萨秋天的莉萨冬天的莉萨，长裙的吊带的牛仔裤T恤的丝质衬衣阔腿裤的高领毛衣的莉萨。哦，莉萨！陈愚闭上眼睛，把手伸进被窝里，莉萨莉萨莉萨莉萨……万籁俱寂，北风摇晃着外面的枝丫，吹着沙子拍打着半地下室那只能打开三分之一的玻璃窗户上，窸窸窣窣，无休无止。加湿器嗞嗞地冒着水雾，像一头濒死的喘着粗气的野兽。世界荒芜得让人厌倦。陈愚总算是沉沉睡去。早上起来后，头重得像吊了个铅锤一般，陈愚在卫生间冲了个澡，好歹缓过神来，打开衣柜找衣服的时候才意识到，自己今天参加葬礼，既没有黑色外套也没有黑色裤子，甚至连皮鞋都是棕色的，唯一能跟葬礼沾上边的只有一副墨镜。透过那三分之一扇窗户，陈愚看到外面的天色一片阴沉，戴着墨镜走在外面，估计会有热心人搀扶过马路吧。

　　积水潭离他家不算远，13号线西直门倒2号线，一共六七站的样子，不过等陈愚赶到的时候，他们几个都已经到了。寒意正单脚踩在马路牙子上抽着烟，胡子拉碴，牛仔裤脏兮兮的像是被他的黔北黑猪"杜拉斯"啃过；郝松看上去似乎又熬了一个通宵，靠在一棵玉兰树下一边抽烟一边打着哈欠，那把长头发就像刚拖过厨房似的油腻腻湿淋淋；莉萨和易菲菲在客套地聊着天，见了陈愚后易菲菲照例伸出双臂拥抱了他一下——这是他们分手后一直坚持下来的习惯，陈愚的目光越过易菲菲的肩头看了看莉萨，莉萨却正盯着寒意，眼神说不上爱或者恨，更像是一种宽宥或垂怜。

"王海豚呢？"

"在里面给他家里人帮忙，前一拨追悼会刚结束，现在忙着搬遗体、换照片、重新布置花圈挽联。听说这儿最近生意好得不行。"

"唉，也不知道是怎么了。"

"最近这段时间有谁去看过李否？"陈愚问了一个很不合时宜的问题。

"应该是王海豚吧。"

寒意说："我十一月份去过一次，跟王海豚一起。"

"还那样？"

寒意叹了口气，摇摇头："除了心电图上的显示，没有任何生命迹象。"

寒意猛地吸了一口烟，刚燃了一半的香烟似乎一下子就到了过滤嘴那里："我喊了他几声，没有任何动静。不是睡着的感觉，是已经死了的感觉。"

"嗯，我也去过一次，可能更早一点。"易菲菲叹了口气，

"左边的胳膊连着药水和营养液，右边伸出一根导尿管，感觉他的身体只是一个转接头，灌进去无色的水，流出来茶色的水，仅此而已。"

"植物人。"

"其实连植物都不算，至少风来了，叶子还能随风动一下——植物是有知觉的。"郝松有些卖弄，"也许他能听见，也能感觉到痛苦、留恋，但无法表达，就像——被封印了一般。"

"走吧走吧！可以进去了。"寒意打断谈话，几个人开始朝里进。王海豚抱着一个鞋盒子在门口发放着小白花，陈愚到了跟前，看见他眼圈红红的，便拍了拍他的肩膀——他越发瘦了，肩胛骨简直要划破他那件道袍一般宽大的亚麻布衬衫支棱出来。灵堂不大，三十来平方米的样子，中间停放着灵柩，围着的一圈松柏和鲜花散发出塑料的味道，两侧靠墙摆放着花圈，可能是前面那位还没收拾干净，有个花圈上竟然还贴着女儿某某女婿某某敬挽。正面墙上的投影幕上播放着李否的照片：两三岁时穿着肚兜坐在小自行车里的、七八岁时站在秋千上缺着牙齿咧着嘴大笑的、十五六岁嘴巴上一圈胡茬穿着背心短裤倚着篮球架的、来北京后以未名湖博雅塔为背景的……他的一生，便被打包在这一组不到200兆的幻灯片里了。人群还没有站定，幻灯片循环播放，两颗虎牙频频出镜，每一张都笑容灿烂无邪，是他们印象中李否的样子，只是与此刻低沉的哀乐格格不入。应该放什么呢？陈愚想到了那首琼·贝兹的《Donna Donna》。或者，哪怕是李否曾给大家唱过的那首《清白之年》也可以啊。陈愚又瞟了一眼莉萨，她正攥着一沓纸巾在拭擦眼角。这让陈愚有些意外，说起来，他们这群人里最晚认识李否的就是她了。

"一鞠躬——二鞠躬——三鞠躬。"司仪像个树懒一般指挥着大家鞠躬、默哀。默哀毕，大家排队绕灵柩一周。陈愚走在队伍里，从远到近，从右到左看着李否。他的脸依旧水肿，看上去有些变形，可能是护理需要，头发剃得光光的，脖子似乎也大了一圈，这让他看起来很陌生，不像是他们认识的那个一笑就露两颗虎牙、喝一杯啤酒就满脸通红的小兄弟。直到此刻，陈愚才真真切切地意识到，李否离他们远去了，一个比自己还年轻的生命终结在这个冬天。陈愚悲从中来，眼角一阵酸胀，却忍住了不让泪水冲出眼睑。队伍缓缓行进着，陈愚突然想起，假定躺在那里的这个人是自己，带着无数没有了却的心愿，忍受着冰棺彻骨的寒冷，像充了气一般肿胀着脸和脖子被人从头到脚端详，还要抓紧点时间为后面的尸体腾位置，这该是一件多糟心的事情啊！如果意识到自己将面临如此的境地，他该如何反抗命运的安排？死神到来之前，他会抓住最后的机会去完成什么样的心愿？弥留之际，他会拟定一份什么样的遗嘱？

李否想过吗？

他肯定没想过。

此刻，在拥挤的散发着塑料气味的殡仪馆里，在低回的哀乐声中，陈愚又见到了李否妈妈。只是过了三个月，这个热情亢奋、说话带着浓厚鼻音的山西女人，像被诅咒过一般，苍老得不成形了。她头缠白布，被两个年轻的女人架着立在一侧，不出声，眼睛肿肿的。陈愚走过去，握了握她的手，轻声说道："节哀。"

他妈妈像是从梦中惊醒一般，直愣愣地看着他。

从殡仪馆出来后，每个人都深呼吸了几口，像是着急把里面的肮脏腐烂倒霉的气息全部代谢掉一般。寒意掏出一包烟，郝松和陈愚都过去要了一根，莉萨从包里掏出小镜子，给自己上了一点口红，易菲菲的眼眶依旧红着，陈愚赶紧掏出一张纸给她。

"接下来去哪儿？"易菲菲问道，"王海豚估计还得跟着去八宝山，等遗体火化了才能回。"

"找个咖啡馆待会儿呗。"寒意说完，看了莉萨一眼。

莉萨礼貌地回绝了："我中午还约了人，就先失陪了。"扭头的时候似乎是瞟了陈愚一眼，又像是瞟了寒意一眼。陈愚目送她一直到她消失在医院大门外。跟寒意分手后，莉萨就淡出了他们的视线，像一只蝴蝶翩翩而来又翩翩而去。

莉萨走后，易菲菲向着寒意八卦道："就这样分了？"

寒意白了她一眼："不然怎么办？"

"你老婆肚子应该很大了吧。"

"五个月，"寒意长吸了一口烟，把烟头弹进灌木丛里，"呸呸呸，这会儿能不能不讨论这个，不吉利。"

这下轮到易菲菲白了寒意一眼。

几个人晃荡着，沿着西海北沿走到后海，经过宋庆龄故居，穿过银锭桥，又沿着后海南沿往回走，竟然没有找到一个像样的咖啡馆。此时的后海，已经上了冻，冰层不厚，所以也没有滑冰的人。这个时间点，后海萧条寂寞，难得清闲。"看，那个二楼，"郝松用手指了指左手侧的一个酒吧，"记得电影《老炮儿》里面，许晴和冯小刚那什么的一段吗？就在这儿拍的。"

"咦，真的吗？"易菲菲的湿眼眶早就被吹干了，很快恢复了往日的脾性。

"后海这一圈，有多少被拍进电影电视剧啊。"郝松慨叹，"我第一次对北京心生向往，就是年少时看了一部电视剧叫《北京的夏天》。曹颖演的，蓝天鸽哨，胡同校园，青春男女，啧，真是美好啊。"

"所以从那时起你就立志要写电视剧。"寒意笑道。

郝松笑笑："没那么牛，不过从那时起我就立志考大学，考北京的大学。"

"然后遇到一个像曹颖那样的——女演员呗。"大家都笑了，好歹从殡仪馆沉闷的气息里摆脱出来。"女演员"也是一个梗，郝松的前妻便是一个女演员，是他北影表演系的小师妹，毕业后跟着他混了两个小角色，两人早早把婚结了。后面郝松始终不温不火，既没写出一炮走红的热播剧，也没写出能捧红她的好角色，她一怒之下跟一个大导演跑了。

"讲真，郝松，"易菲菲继续八卦，"你现在也是知名编剧了，后面难道就没有遇到不错的女演员？我是说可以结婚的那种。"

郝松推了推鼻梁上的黑框眼镜，一本正经地回答："从演员角度来说，当然有一些不错的。但跟结婚扯得上什么关系呢？接下一个剧本，就会有女演员过来找你，'郝松老师，能不能帮忙给我安排一个角色'，我说'好的'；定下角色，演员又会跑过来找你，'郝松老师，能不能多给我一些台词和镜头？能不能给我跟男一号多安排一些对手戏'，我说'好的'。她们这些人，有些是发微信，有些深更半夜的给你发些嗲声嗲气的语音信息，有些直接晚上来敲你房间门。你觉得我会从这里面找到适合结婚的人吗？"

寒意笑了："无产者失去的只是枷锁，得到的却是全世界。"

"对了寒意，你长篇写得怎么样了？"

"不顺利。"寒意叹了口气，"最近糟心的事太多了。"

"因为莉萨？"

"嗯，我很想她。"寒意实言相告，"每次跟黄雯在一起，我脑子里全是她。我感觉莉萨简直就像是上天为我量身打造的一般，相比之下，黄雯简直像卫生纸一样无趣！"

"嗯，英语是比较枯燥。"郝松又忍不住卖弄起来，"寒意你说你英语四级还是买答案过的，你干吗非要找个英语老师呢。"

寒意没有搭理他，倒是易菲菲伸出手作势拍了郝松一把。"你没有缠着人家吧？"

"没有。给她发过几次信息，没回。只有这次，送李否，她才回了信息。"

易菲菲正色道："寒意你也别骚扰人家了，放过这个姑娘，让人家开始一段新的生活吧。她也不小了吧？89年的？"

寒意郑重点点头。

有那么一次，陈愚遵照领导指示坐在一家哈根达斯里等候一个相亲对象。陈愚照例到得太早，而女孩又千篇一律地迟到了。百无聊赖中，陈愚给莉萨发了一个搞笑的表情，莉萨很快回了一个笑脸。

"干吗呢？"

莉萨的回复很快："说出来别笑我，我在相亲。"后面跟了一个吐舌头的表情。

"这么巧，我也是。"陈愚笑着回复道，"我相亲的档期已经排到了明年3月份。"

莉萨回了一堆大笑的表情，陈愚还想说点什么，一个长得像樱桃小丸子的姑娘坐在了他对面。

寒意从牛仔裤兜里掏出一包皱巴巴的"荷花"，抽出一根，捋顺，点上，吸了一口，长叹了一口气。胸腔中的烟雾随着这口气喷向后海，消失在铅灰色的天空下。"我有种很悲观的预测。"

"嗯？"

"我觉得我的写作生涯很快就要终止了。"

"为啥？"

"我感觉我到现在已经完全被困住了。每天按照孕妇食谱给黄雯炖各种汤羹，有空就上网研究胎儿的生长发育、第几周该注意什么，时不时送她去海淀妇幼做产检，黄雯不能弯腰，我还承担了家里的洗洗涮涮……总之，我一天忙到晚，发现自己根本静不下来看书写作。"

"结婚7年了，你其实到现在才算是正式步入家庭生活——普通人的家庭生活。"

"是啊！"寒意又叹了口气，"我真正担心的是，一旦孩子出生后，家庭琐事更多。奶粉啊尿片啊营养啊辅食啊……想想就很害怕。"

"没办法，你想享受天伦之乐，就必须付出围城之苦。"易菲菲说。

"这就是你丁克的原因吗？"郝松问道。

"关你屁事。"易菲菲怒气冲冲。在陈愚面前不谈家事不谈老公，这几乎是易菲菲给他们定的规矩，大家也都遵循着这个规矩。今天郝松不知是抽风了还是怎么回事，屡屡触雷。

"好吧好吧，"郝松叹了口气，像寻找台阶一般转过来问陈愚，"你怎么样？一直不说话。"

"就那样呗。"陈愚告诉大家，到12月底，他在京借调的时间就算是满一年了。按照规定，不能再借调，要么正式调入，要么发配回原地。不过从现在的形势看，留下来的可能性更大一点，一是大家对他的工作还算认可，二是他们部门缺人是不争的事实。

"你也别大意，你这都是二进宫了，再留不下就麻烦大了，你原单位都不一定要你，"郝松拽住陈愚的胳膊，"我觉得你还是跑一跑，送一送，打点一下，这样稳妥点。我给你拿点钱，十万够不够？"

陈愚笑着拒绝了："放心吧，都新时代了，谁还敢搞这一套。"

郝松还要说什么，寒意停了下来。几个人跟着他的脚步也停了下来。歌声从一家餐吧里飘来：

　　此生多寒凉，此身越重洋
　　大风吹来了，我们随风飘荡

几个人停下脚步，愣愣地盯着那个蓝地红字的"后海时光"的门头有些出神。五个月前的盛夏夜，长着一张娃娃脸的李否在酒吧里唱着这首《清白之年》，惊艳了所有人。五个月后的此刻，他已经化作一具冰凉的尸体——或者如果够快的话，此刻已成为一抔骨灰。歌毕，几人回过神来相互看看，都是泪水婆娑。郝松骂了一句："刚在那里忍了半天，想着也老大不小了不该掉眼泪，没想到在这里还是给掉了。"

陈愚的自白

过来一年多了，我还是第一次坐在局长办公室的沙发上。这是一张黑色皮质的折叠沙发，摊开便是一张单人床。许多个点灯熬油搞材料的夜晚，局长就睡在这小小的沙发上，他总是提倡"5+2""白+黑"并率先垂范，状态饱满得似乎随时迎候着从正厅到副部的跨越。此刻，我坐在这里，坐在局长的"卧榻"之上，有一种坐在审判席上的感觉。我小心翼翼、如履薄冰，屁股只敢挨上一半，像一只感恩节等待被赦免的火鸡。

局长却不紧不慢，一脸的和蔼慈祥，他甚至还亲自接了一杯水，用两个纸杯摞在一起泡了杯太平猴魁，我就更忐忑了，又把屁股往外挪了挪。他这么隆重，不会是向我宣布借调结束，回原单位报到吧？想到这里，我的额头上和背上的毛孔全部张开了，像老家春天回潮的土地一般往外渗着汗珠子。

我热爱北京。我不想回去。我谈不上热爱这份工作，但我尽心尽力，给处长取快递接孩子，帮副局长搬家拆洗抽油烟机，为局长打好每天的开水送上每天的报纸倒完每天的垃圾，承包了全局几乎所有的节日值班，甚至卫生间堵了也是我赶在物业之前修好，只为领导们那句"小陈挺能干"的表扬，工作之内工作之外我都是最努力的，我只是想留下。

"别紧张，喝杯茶。"局长露出久违的笑容，这笑容让我想起希腊神话里的美杜莎——见过她眼睛的男人都会化作石头。

"局长，我有些愚钝，有什么做得不对的您批评就是。"既然这样了，不如主动点吧。在老家，有一句话叫要死卵朝天。去他妈的吧！

"不不不，"局长摆摆手，"小陈你别紧张。你干得挺不错的，局里上上下下有目共睹，文字材料也很不错。今天找你聊呢，第一是你过来也一年了，一年来跑跑颠颠忙东忙西，也没好好跟你谈谈心，没有过问你的生活，是我的失职啊。"局长云山雾罩说了半天问了半天，终于转到了"第二"。

"第二呢，你的考察期即将结束。我呢，向党委极力推荐，局里上上下下也都很认可。而且，印象中你这是第二次借调过来了吧。所以我们共同努力，还是要力争留下。"听到这里，我轻轻喘了一口气，生怕重了会破坏这美好的气氛。他说这些是什么意思？暗示要送点？郝松说要送一送，要是听他的就好了。

局长喝了口茶，突然问道："我记得你没女朋友吧？"

嗯？他问我有没有女朋友！他是单纯八卦一下客套一下，还是关心我的个人生活？我如实相告："没有。"

"真没有？"

"真没有。"我把头摇得跟招财猫的手一般。

"哈哈，那就刚好。"局长放下茶杯，"我有个亲外甥女，叫黎胜男，也在北京，比你略小一点，她也是个文艺青年，你们接触接触，或许聊得来。"

"哦，"我长吁一口气，做出兴高采烈的表情，"太好了！"看来正厅级干部也不能免俗，也扮起了月老红娘的角色。相亲我已经轻车熟路了，多一个也不多，还怕你一个亲外甥女吗？

"她有工作，自身条件也很好，但没户口，他爸妈就想给她找一个有北京户口的，这样老两口也能安心。你看你，如果正式调过来了，明年就能落户了，以后结婚生孩，一切都顺理成章，岂不是刚刚好？"局长热烈地介绍着，仿佛已经成就了一桩好姻缘一般。

我算是明白了。他牵线不是因为我优秀，只是不想浪费一个宝贵的北京户口指标。易菲菲说得对，等正式调过来了，自己会更抢手。"感谢局长从工作到生活无微不至的关照。我一定好好珍惜这次机会。"

局长得到满意答案一般大笑起来，说："那你去吧。我随后把见面时间和地址信息发给你。"

"明白。"我起身的时候，下意识擦了擦额头上的汗，手拂过额头的时候，发现局长那双被肥硕眼袋包裹的眼睛正盯着自己，如同草丛里盯着瞪羚的狮子。我没敢再逗留，端起桌上一口没喝的一纸杯猴魁，欠着身子向门口退去。

"陈愚，"一只脚要跨出门的时候，被局长又叫住了，表情严肃得如同开民主生活会，"记住哈，组织随时在考察你，哪怕你正式调入了，也必须保持好状态。我们既可以把你调入，也可以把你调出。"

如果前面还有些冠冕堂皇的意思，后面一句感觉更像是要挟了。我的汗水顺着眉毛从眼角流进眼睑，把眼睛灌得酸胀。"一定的，局长。请您放心。"局长这才心满意足地摆摆手道："去吧。"

出了局长办公室，我才意识到自己的衬衣已经湿透了。天灰蒙蒙的，窗外飘起了雪花，这是北京的第一场雪，下得很不成气候。喜鹊在光秃秃的枝丫间跳跃，间或"哇"的一声，声音粗野，听起来像是在骂人。一股冷风吹来，我打了个寒战，感觉脚下有些虚浮，便借口感冒发烧，跟处长告了假。处长从转椅后面回过头来，意味深长地看了看我，说了声："去吧。"

回到单身宿舍，才发觉自己一语成谶，身体真有些发寒发紧。刚在局长的办公室被问得大汗淋漓，出来后寒风一灌，我的上下颌便像装了小马达一般敲得咯咯作响。手机在床头柜响起："晚上7点，五彩城二楼字里行间。黎胜男，电话……"

"黎胜男，"这个名字——真难听啊。想都不用想便知道，这肯定是哪个重男轻女的家庭生了一串闺女后不得已取了这么个庸俗恶心的名字断了念想。就这，居然也"文艺青年"。好吧，这年头文艺青年和网红一样，似乎是点外卖就可以赠送的标签。这种人热衷去书店去画廊去咖啡馆，然而如果你以为她们喜欢看书欣赏油画喝咖啡就大错特错了，她们热衷的只是在那里拍照，然后把照片修得亲妈都不认识放在朋友圈或者微博里，配上两句莫名其妙无关痛痒的诗文，美其名曰"打卡"。现在这样的女孩像得了传染病一般满大街都是，而这个"黎胜男"只是刚好也染上了而已。

可是局长为什么说她"也是个文艺青年"呢？或许在他眼里自己已经和她们合并同类项了，娶一个"文艺青年"应该就像茶壶配壶盖一般妥帖。易菲菲开玩笑说奇货可居。说到底，自己不过是领导"居"的"奇货"，一直在等着最好的时机出手。如果这个"黎胜男"真是他货真价实的外甥女的话，那都不叫出手，叫自产自销。想到这里，我仿佛预见到自己未来十年的人生轨迹：在一个后宫一般复杂的部委机关里熬到椎间盘突出、头发掉光，娶一个矫情的女人搭伙过日子，然后生上两个孩子，分别给他们上了北京户口，然后为各种学区和辅导班焦虑。

我的头越发痛了，浑浑噩噩地，定好6点的闹钟，和衣躺在床上，准备睡上一觉，然后去落实把我的前途命运攥在手里的局长的指示，见那个叫黎胜男的可笑的女人。我没有挑选的权利，如果她不幸看上我，我必须娶她为妻，否则将会被打回原籍。想到自己北漂了两年，兢兢业业、如履薄冰，最终还是要通过这种"买一赠一"来拿到大机关的入场券，我感受到了真真切切的寒意，把被子裹得更紧了，昏沉沉睡去。

"砰——"的一声把我震醒。紧接着又是"砰——"的一声，随即"砰——砰——砰——砰、砰、砰……"节奏由慢变快，一声比一声紧，是隔壁宿舍的大嫂剁肉的声音。五点半，各家开始准备晚饭了，哪怕是只有一个房间，他们也在楼道里支起煤气灶，用个从办公室淘汰下来的破茶水柜当调料台，米面粮油菜胡乱堆在地上窗台上，对付着一日三餐。

这一层宿舍名曰单身宿舍，是给尚没正式调入的京外公务员周转用的，住的却大多是夫妻甚至一家子。一间小小的房子，放着安身立命的全部家当，有的一住就是六七年。隔壁的那位仁兄，听说北京奥运会结束的时候就过来了，到现在还没正式调入，丈夫上班就在陈恩楼下一层，妻子在房屋中介上着班，一天到晚往各家门缝里塞小广告。孩子都上小学了，户口也迁不过来，只能跟着爷爷奶奶在老家上。

想到这里，我又觉得自己是足够幸运的。既然这样，是不是又该庆幸自己这么快调入呢？既然这样，见一个"黎胜男"又有何妨呢？

大嫂开始擀面了，开始烧水了，开始炒菜了，我索性起床，头发都没梳衣服都没换就出门了。

雪下大了，一坨一坨地往下掉着，地上很快铺上薄薄一层，脚踩上去，留下大大小小的印子，像过往的时光，一层一层地覆盖着。这个冬天的北京似乎更冷，我把羽绒服的拉链拉到头，又把帽子扣下来，还是感觉冷，牙齿不听指挥地上下敲击着，鼻涕也兀自流了下来。耳机里响起了京剧《野猪林》的唱腔：

　　大雪飘　扑人面
　　朔风阵阵透骨寒
　　……

应景！此刻我就像落魄的林冲，那五彩城就像破旧的山神庙，于是这趟相亲的行程便具有某种悲壮的意味了。我胡思乱想着，头也就不那么疼了，身上也暖和了一些。脑子里一番自编自导自演后，五彩城也就到了。

二楼，字里行间书店。或许是天冷没人愿意出来，或许图书本来就一天不如一天受待见，总之，书店清冷得如同包了场一般。我步履维艰，好歹走进了书店，去寻找那个叫黎胜男的女"文艺青年"。阅读区只有一个人，却是熟悉的面孔。这是一场梦吗？还是发烧把脑子烧迷糊了？我晃晃脑袋，又捶了捶，还是不敢相信自己的眼睛，我像个帕金森患者，颤巍巍地掏出手机，找到那条短信，拨通了上面的号码，显示的却是"莉萨"。苹果手机的铃声响起，莉萨回过头："哎，陈愚！"

哦！莉萨，真的是你！"你不舒服吗？脸怎么这么红？"莉萨冲过来，伸出手，捂住了我的额头，"呀，真烫。"

她的手真凉、真美啊！

颁奖词

王彤羽借鉴七天创世、混沌生万物的理念，让雕塑家用七天消失、遁入"永恒"。在纵横捭阖、恣肆挥洒、率性驭笔之间，以游戏和戏仿精神，明写游戏，暗写人心，作者穿行于虚构和现实之间。形式的意味成为小说自身的重要组成部分，通达了存在与虚无的哲学命题。

来自老鸦岛的邀请

王彤羽

第1天

如果不是那封邮件，我还不知道有个叫老鸦岛的地方。我只把要去老鸦岛的计划告诉了贾小楼，我有把握她不会为此感到惊讶，更不会冒出"你疯了吗"之类的话语，但她还是瞥了我一眼，阴阳怪气地说，小心有去无回。我那会儿正倚在她家院子一扇有着几眼钱币大小、黑色钉孔的木门上。这对门是她花了八百块钱从地角渔村扛回来的，原先是一户渔民家里废旧的木船板，搁在石磨上当成一家七口人的饭桌，现在被贾小楼改装成了小院的门扇。我有时会把贾小楼诸如此类的行为理解为迎合我的情趣，虽然我不觉得我有值得她讨好的资本。我也没什么太具体的喜好，只要是不太大众化的行为，我都比较容易接受。显然在这方面贾小楼是懂我的，她在做这些事情的时候，我才觉得她像我廖括的女人，可能她也是这么认为的吧。所以这回，我觉得她该能理解甚至赞成我去老鸦岛的决定。当然了，即使她反对也没用，她不过是恰好和我同在一个屋檐下睡了两年连个名分都没有的女人。名分这玩意儿太俗，我看不上眼，贾小楼自然也不会看得上眼。

我挪动了一下身体，朝着太阳的方向，嘴上叼着半截烟屁股，眼睛眯眯地正对刺目的光线。贾小楼穿一条超短裙，黑色背心，人字拖鞋，在小院的天井里杀鱼。她弯下腰，屁股高高地撅起。我如果不是已将行囊背在身上，会以为她在故意勾引我，可这会儿怎么看都不像。她杀鱼很卖力，一砖头砸在鱼头上，瞪着鱼眼，嘴里嘟囔一句——还没死啊，又一板砖敲下去。如此反复。我曾调侃说她杀鱼已经上升到了行为艺术的高度，她对我这个说法表现出了极大的兴趣，追问我什么叫行为艺术，于是我把她摁倒在她家那个三平方米大的厨房里言传身教了一次。

贾小楼这次杀鱼和以往又不太一样，下手狠、准、快，我敢说那鱼早就死翘翘了，她仍然高举砖头，一下一下地往下砸，嘴里还是那句——还没死啊——同样一个句子，这次却给了我不同的感受。怎么说呢？以前不是这样的，以前她会说得又嗲又俏皮，这鱼像她的情人，而这会儿这鱼就像她不共戴天的仇人。最后一次沉重的敲击，把那鱼的脑袋给彻底砸碎后，贾小楼咚的一声把鱼扔进了旁边的水桶，扭开水龙头，洗手。水声哗哗，水花溅上了她的脸、她的身体，溅上了天。贾小楼拿屁股对着我说，把老鸦岛的方位告诉我吧，你要是死在那儿了，我去帮你收尸。水声很大，贾小楼的声音很小。我不喜欢这样的场面，眼前的贾小楼也不像贾小楼。我觉得自己该给她一个拥抱，最好再加一个承诺，而我只是把烟屁股弹掉，大步往外走，边走边说，你就当我死了好了。走出十几米，我希望听见贾小楼恶毒的声音从后面追上来——廖括，你这没心没肺的家伙，你给我滚得远远的，不要再回来——可我什么也没听见。脑子里净是被贾小楼击杀的那条大头鱼一对死不瞑目的鱼眼珠子。

我真的觉得自己是一个没心没肺的家伙，不然又怎会赴约老鸦岛。在此之前我对老鸦岛一无所知，我仅仅是接到了一封邮件，还有一个来自陌生人的邀请。对方诚恳地邀请我参加一个活动，说如果我是一个有意思的人，将不枉此行。我不懂自己算不算得上是一个有意思的人，大多数时候我觉得自己活得挺没意思的，正是因为我觉得活得没意思，所以才对那样不靠谱的事情上了心，这不过是一个我借机逃离现状最省心的捷径罢了。邮件告知了此次活动的主题——让自己消失在岛上。并说明须在七日内完成任务，要其他人再也找不到才算胜出。而输赢的奖惩分别是，赢者拥有小岛的永久居住权，输的人要在岛上居住三年。邮件还给出了老鸦岛的详细地址和出行时间，让我在约定的时间里到达开往老鸦岛的渡船上。

我觉得那简直就是天赐良机。我那段时间正在写一部关于游戏的小说，我在小说里建立了一个巨大的实验场，并身陷其中，常常难以区分现实与虚构。我需要小说里的游戏感，那能对抗我现实中的精神疲惫，让我巧妙地进行反抗，至于反抗些什么呢，我不愿意想得太清楚，太清楚了好像就和世界为敌了一样。写那样的小说让我充满了行动力，朝着自己无法预知的答案前进，像进行一次有创意的冒险。但我最近毫无灵感，我把这无耻地归咎于贾小楼的身体再也无法令我产生冲动。我想，如果我继续和她待在一起，一年半载都别想完成我那部伟大的小说。我想摆脱她，又没有能力摆脱她，这下可好，天上忽然掉下了个大饼，我一口便叼住了它。再说了，游戏的惩罚看起来并不像惩罚，不过是在岛上住三年，我掰了下手指，我在贾小楼的院子里已经不知不觉住了两年，住在小岛上，再怎么着也比住在贾小楼那里强，这么想的时候我又开始觉得自己像一个浑蛋了。不管怎么算计，这都是一件对我有好处的事情，于是，我很自然地答应了下来。

我按时上了渡船。

我是船上唯一的客人。老船夫戴着一顶陈旧的疍家帽，帽檐儿两侧系着一根深色胶带，绕过他的下巴在底下打了一个死结。由于箍得过紧，老船夫下颌的皮肉堆了起来，嘴巴像一条紧抿的线。烈日当空，水面折射出来的光映在老船夫脸上，让他原先黝黑的皮肤透出红润光泽，显出几分活力来。

我问老船夫，这岛真的叫老鸦岛吗？

老船夫说，附近渔民都那样叫，这是一座年轻的死火山岛，形状像一只巨大的乌鸦伏在海面，随着海水的上涨和下降而浮动，就算遇上十二级台风，这岛也没被淹没过。

我说，这么神奇的岛我之前都没听说过，怎么没见有游客来？

老船夫说，老鸦岛就巴掌大地方，半日就能看个底朝天，没什么新鲜的。而且一天只来电六个小时，又没有客栈，生活多不方便，哪会有游客往这旮旯地方来。

我说，这岛有多少户人家住？

老船夫说，以前有几十户人住，后来陆陆续续搬到离这儿十几海里的另一个岛去住了，现在只剩七八户人家在住，多是老人家。

我说，那阿叔你在这里摆渡——

老船夫呵呵笑道，我是在另一处开渡船的，这个岛我两天才走一趟，岛上居民都知道我行船的时间。

此时渡船已在海上走了大半个时辰，举目之下再无其他船只。海浪不大，船身轻摇，我想起了贾小楼温软的怀抱，还有她杀鱼时胸脯像揣了一对小兔一蹦一跳的样子，有点儿乐，也有点儿烦躁。

我是在下午两点一刻登的岛。老船夫说今天水位合适，又没有西南浪，不然就没法登岛喽。我问他如果有西南浪呢。他说风大浪急时强行靠岸，船都要被打烂。小伙子你没见识过西南浪的厉害吧？

我只呵呵干笑了两声，不想和老船夫辩解说我正是极少数在西南浪中还能淡定自若的人。想起那次登另一个岛，七月天，正遇上刮西南风，一条游船上几乎所有人都晕浪，那是我见过的最为壮观的场面。一些穿着时髦、妆容精致、前一刻还谈吐优雅的女士，这会儿像条狗一样趴在地上，或跪，或翻滚，或以一个难以想象的姿势躺着。一个坐在我斜对面的妙龄女子，抱紧隔壁座位那老翁的双腿，不时猛烈地摇晃对方和呕吐。老翁不惧西南浪，看他的穿着打扮和刀刻一样的黝黑面容，应该是当地渔民。老翁是老实人，妙龄女子在怀，躲不是，不躲也不是；扶不是，不扶也不是，只好双手握拳置于膝盖，身体挺直如松，双目平视前方，任女子自行搂抱挣扎，他自稳如磐石。

这岛没有码头，船在离岸一定距离时就停下了。我脱下球鞋，蹚着海水上岛。我置身于大小不一的火山岩群中，岩石层层叠叠，颜色黄中带黑，纹理清晰。

我在岩石群中穿行。

邮件提醒音响起，打开邮件看见四个大字——欢迎登岛。

我回邮件问了几个问题，对方一概不再回应。老船夫已掉头离岸，马达声离我远去，四周骤然安静了下来。眼前是大片的马尾松，身后是小兽一样遍布海滩的火山岩，看不到建筑物，以及除我之外的活物。我把背包用力地甩到背后，大踏步朝前走去。

海滩上遍是橙黄色的火筒螺，尾指大，我捡起一个看了看，空心的。这螺贾小楼在菜市场买过，五块钱一斤，就是吃法有点儿麻烦。洗螺的时候，贾小楼拿一把铁钳，把螺尖尖的尾敲碎钳掉。那么烦琐的事情，可她偏干得带劲儿，还哼着小曲儿。把所有的螺尾钳掉洗干净后，往锅里一放，盖上盖子，水煮个五六分钟就能出锅。我喜欢看贾小楼吃火筒螺的样子，她不是用牙签挑出螺肉，而是螺嘴蘸一圈调好的蒜蓉辣醋，嘟起双唇对着螺嘴用力一吸。吸不出螺肉时，她会吮一下螺尾，再回过头来吸螺嘴，肥肥的螺肉就乖乖地出来了。

我使劲儿咽一嘴口水，不该在这时候想起吃的事情来。继续往里走，能看见的除了马尾松和仙人掌，就是白茫茫的沙地了。沙子松软，细如粉末，色如白糖，踩上去咯吱作响，有些地方脚还整个儿陷了进去，再拔出来时，便裹上了一层白白的沙子，像穿上了薄薄的丝袜。

大约走了二十分钟，前面出现一幢两层的楼房。房子看着普通，四四方方的，像个灰色火柴盒。没有阳台，只有几眼圆拱形窗户，还是关闭着的。正门不算宽敞，能容三人并肩站立。门虚掩着，有个齐膝高的水泥门槛。我推开门，喊一声"有人吗"。没人应。我抬腿跨过门槛，左右两边是走廊，没有开窗户，略显阴暗。我按了一下电灯开关，灯没亮，我想起老船夫说的岛上每天只通电六个小时。我向右边的走廊走去。

　　我一共走过了两个门口，每扇门都关着。再走就看见了角落里窄长的水泥楼梯，没装扶手，像悬挂在墙上一样。我朝上张望，楼梯很长，一层与二层之间大约有四米高吧。这梯看起来出奇地单薄，走上去还咚咚作响，我每踏出一步都像踩在虚空的黑暗里。

　　终于站在楼梯顶端的时候，前方还是一条长长的走廊。我走过的第一扇房门仍然是关闭的，但不远处的第二个门口透出亮光。那束光照进楼道里，白白的，像在黑色的调色盘里猛地挤出一坨白颜料。就在我快走到门口时，走廊里的灯忽然亮了起来。

　　来电了。

　　我看一眼手表，是下午三点。

　　我站在门口，一眼就看见了她。一个女人背光站在偌大的屋子中央，身前是一个大画架，正画着什么。我的出现惊扰了她，她停下笔，打量着我。由于是逆光，离她又有点儿距离，看不清她的面容，从体形上来看，是个高个子，偏瘦。我看一眼房间四周，地上、桌子上摆放着一些雕塑品，大多是泥捏的小样，有人体，有鸟兽，还有各种表情的脸。墙上不规则地贴着一些画作。

不是我的作品。女人说。她的声音听起来颇为奇怪，干涩如一把生锈的锯，又或是一把没调好音的琴。女人又说，我来的时候就在这儿了，有画，还有诗。

我说，你也是来参加活动的吗？

是的。她看我一眼，笑笑说，我叫文婳，你呢？

我说，廖括。

文婳说，你是我到这里后看见的第一个人。

我说，其他人呢？

其他人？天知道。她耸耸肩。

我说，你是画家？

文婳说，噢，不，为什么这么问？

我说，你不是在画画吗？我指指那个画架。

文婳说，那只是草稿，定稿后还要用油泥捏出它的样子。

我说，你是雕塑家？可是，这里怎么会这么巧有雕塑工具和雕塑作品？我皱眉。

文婳扑哧一声笑出声来，说，你现在的想法就像我刚来时一样。喂，你是做什么的？

写小说的。我补充说，就是瞎编来忽悠人的那种。

噢，作家啊，那待会儿你会更惊奇。她略显神秘。

我说，是什么呢？

你出门后往左拐，第一个房间应该是你的，你去看看就知道了。她卖了个关子。

我按照她说的，出门左拐，来到隔壁的房间。这个房间和文婳的工作室大小一样，墙角有一个书架，书不多，摆放得也随意。书架前有一张黑色书桌，上面放着一台电脑、一台打印机，地上有一箱打开了盖子的打印纸。

这是——为我准备的？我略感惊讶，看来对方连我是干什么的都一清二楚，只是他失算了，我并不想写任何东西。我在桌子前面的木椅子上坐下来，把头靠在椅背上，大小刚好，还挺舒服。

文婳说，为写字的人准备的，目前就只有你了。

我说，这个房间看起来不只是我一个人的。我环视四周，房间另一边很空旷，铺着木地板，有着整面墙的大镜子和金属把杆，像个舞蹈室。木地板因为受潮而稍微腐朽变形，镜子中央有道明显的裂痕，像被什么东西撞击过。另一面墙上张贴着七八张放大的照片，全是黑白的，有松林，有沙滩，有仙人掌，有岩石群，有海上日出，能看出拍的都是这岛上的风景。

还有跳舞的和照相的。文婳也看出来了。

可能他们很快就会到来。我看向窗外。

不一定。文婳研究着那几张照片，说，又或者是他们在这里待过，后面又离开了，难道你没发现镜子、木地板和照片都很旧了吗？而你的书桌和电脑明显是新的。

这会儿文婳的脸正对着窗口，她的脸庞是日晒过多的小麦色，颧骨上有一些雀斑。鼻管窄窄的，相比之下嘴巴有点儿大，说话的时候嘴角会往上勾一点儿。瘦削的鼻子让她看起来有几分冷硬，而宽厚的嘴巴又显得她热情爽朗。我猜着她的年龄，二十五？三十？她沉静的时候略显成熟老练，那双浅褐色的眼眸里似藏着一潭水，深不可测，而笑起来时又稚嫩如孩童，毫无心机。

文嬿说，我是早上到的，这屋里屋外我也看了个七七八八。

我说，那么，找到窍门了吗？我看着对面碎裂镜子里的许多个我，故意摆动了一下脑袋，霎时间有无数个黑乎乎的脑袋一起晃动起来。

她愣了一下，并没意识到我指的是让自己消失的窍门，然后我提醒了一下她，她才哦了一声，点点头又摇摇头，说，不是有七天吗，七天时间足够我们做成许多事了。

说完她朝门口走去，走到一半又回过头来对我说，你的卧室就在这间房的正下方，旁边那间是我的，你可别走错了。对了，除此之外，没有其他卧室了，也就是说，很有可能这次活动的参与者，只有我和你两个人。

我还在琢磨只有两个人参与活动是什么意思时，她已消失在门口。房间一下空荡了起来，光线找不到落脚的物体，胡乱交织在屋子中央，显得无比落寞。

第2天

也不知什么时辰了，我被一阵敲门声吵醒。声音不大不小，每敲三下，停两秒，很有规律，以至于我迷糊中听到了也不足以立即把我给吵醒。敲门声不紧不慢地持续了一阵子，对方很有耐性，仿佛我不开门可以一直这么耗下去。

按了下床头灯，还没来电，窗帘隐约透出的一点儿光显示天已经亮了。昨天是下午三点来的电，五点停，晚上七点又来电，九点停。岛上安静，无事可做，昨夜里我睡得早，也睡得沉，对失眠是家常便饭的我来说一早醒来心情特别愉悦。

打开门，文婳站在门口，一副清爽干净的模样。我那会儿蓬头垢面的，还沉浸在瞌睡的迟钝与麻木中。看着眼前的高个子文婳，我一下子没反应过来。

没有人来，都中午了，我昨天说什么来着，参加活动的就我俩，你看，我说对了吧？她劈头盖脸地说了一堆。

我挠挠头，做出努力回想的样子。文婳绕过我，几步跨到窗边，哗的一声把窗帘拉开。强光一下挤进了房间，我不适地眯起了眼。

她指着窗外，提高了声调说，中午了，没人来，只有我俩，明白？她有点儿得意地看着我。

我看向她。她的头发放了下来，及腰，从侧面看增加了身体的厚度，看起来不像昨天那么消瘦。她的四肢特别长，手指也

068 _

长，我想如果她努力伸长点儿手指，应该能够得着膝盖。这个画面不大和谐，让我想发笑。为掩饰自己不礼貌的神游，我走到窗边，假装很认真地朝窗外看。外面是一片芭蕉林，宽大的叶子挡住了我一半的视线，只能看见蓝得很假的天空。我点点头，嗯了一声，说，中午了，应该不会再有人来了，看来这个活动只邀请了你和我。我尽量把"你和我"这三个字说得轻松幽默而又温柔有礼，希望她会为我表现出来的绅士风度而打消接下来和我一屋共处的重重疑虑。在我还在纠结要不要宽慰她几句，比如"放心吧有我在"之类的连我自己都觉得没多少说服力的话语时，她已一阵风似的刮出了门口，长长的头发卷起微澜。

我想我们该熟悉一下环境，只有七天时间，可不是来度假的。走廊里传来她的声音，还有皮鞋踩踏楼梯急促而又夸张的咚咚声。

午餐后，我按文婳的吩咐在房子里转了一圈。房子的结构很简单，只有两层，我花了不到一个钟头就看了个遍。一楼东西两侧分别有两间卧室，外加一个厨房和一个公用卫生间。我的卧室在东侧，文婳的在西侧，我如果要去卫生间，就要经过文婳的卧室。二楼是两个工作室，两侧尽头分别有一个食品储存室和一个公用卫生间。屋前院子的角落里有一口水井，还有一台柴油发电机。除了卧室和卫生间外的每一个房间，屋前屋后，走廊楼梯，都安装了摄像头，显然，我们的所有行动都在别人的监视中。

我去到文婳工作室的时候已是下午，她正坐在画架旁边喝咖啡。看见我，她说，储物室里有很多吃的喝的用的，咱俩就是一个月不外出也饿不死。

我说，咱俩被监视了。

正常，难道你没看过那些密室逃脱的电影，都是操纵者通过摄像头观赏与享受游戏者面临绝望时的恐惧和痛苦？她耸耸肩，一副无所谓的样子，咖啡冒着热气，她喝得吱吱响。

我说，那不一样。

文婳说，哪儿不一样？

我说，那些是恐怖片，当然恐怖的不仅是死亡本身，还有人在生死攸关时表现出来的最真实最震撼人心的东西，它让我们变得不大像我们，又或者说更像我们。

廖括，你这会儿像个哲学家。文婳笑嘻嘻地说。

我继续说，而我们在玩的这个不过是一个冒牌货，哪怕是高仿，也只能成为一部蹩脚的电影。

文婳说，不一定，这只是刚开始，也许好戏在后头。

我说，只有我俩，还能好戏到哪儿？最惊悚的结果无非是为了胜出，不是你杀了我就是我干掉了你。

文婳说，可这个游戏是反着来的，是让自己消失，而不是对方，它没有敌意，更像一种成全。

我说，那只是你的看法，表面看似温和的假象下有可能藏着刀光剑影。

文婳哈哈笑了起来。她笑的样子很有感染力，如果不是窗外蓝得耀眼的天空和白茫茫的沙地，我还以为正在哪个深夜的酒馆里和一位辣妹子约会呢。文婳喝了一口咖啡，说，可是，消失在哪儿呢？这岛上能藏人吗？

我说，能，说不定那个监视者正躲在某个隐蔽的地方看着我俩，只要我们找到那个地方就能找到他。

也许没有监视者呢。文婳看我一眼，有点儿犹豫，像还有话想说。我不吭声，等着下文。果然，她一骨碌从椅子上弹起，说，走，我带你去一个地方，我早上发现的，我想我们并不是对立的，我们应该坦诚相待，所以我一定要告诉你。

文婳带着我下了楼，出了大门，左拐，绕到房子的背面，刚好是她卧室的窗外，是一小片芭蕉林。她率先钻了进去，并示意我跟上，树间的缝隙刚好允许一个人的身体半蹲着通过。走进去大约六米，在屋子墙角和地面交接处，有一个半米宽类似气窗的方形盖子。盖子已被掀开，文婳撩高裙摆，右腿跨了进去。

下了一小段楼梯，再走过并不太长的通道，来到一个亮着灯的地下室。我看了一下手表，差一刻钟四点。我推测了一下方位，我们应该就在这幢房子的正下方。

文婳说，我是今天早上发现这里的，这个地方隐藏得并不太高明。她停了一下又说，我看过了，没人。

我想说，那是因为别人愿意让你发现。对我来说，所有故意而为的事情都值得怀疑，但我没说出口，我不想打击文婳的积极性，不可否认，我对这个地方还是充满了好奇心的。

地下室有我两个房间那么大，西式的风格，看起来更像一个会客厅。中间有一套宽大的黑色皮沙发，方形实木茶几上放着一个手提式电筒、一包拆开的蜡烛和几盒火柴。茶几底下铺着印有各色图案的地毯。沙发色泽暗沉，有些地方被摩擦出粗糙的纹理和折痕。靠背和两侧扶手铺着镂空的白色针织物，缀着长长的线穗。沙发对面墙底是一个被熏黑的嵌入式壁炉，里面还残留着一些柴炭，是马尾松粗粗的枝干。角落里有一个简易酒柜，玻璃门后陈列着不同品牌的葡萄酒。一个黑色塑料托盘上倒放着几个红酒杯和啤酒杯。杯里没有酒渍，杯底落有少许灰尘。壁炉和酒柜中间有一个齐腰高的方形木头架子，厚实，铺着黑色绒布，上面放着一台黑胶唱机。这种唱机我以前在朋友家里看到过，是老款的EMT，有一段时间很受音乐发烧友的追捧，说它价格实惠，声音自然大气，模拟味浓，适合听大型交响、人声和爵士。我不懂音乐，那段时间为了写一部关于发烧友近况的书，我多次混进他们的沙龙。我把他们定义为高级颓废者。书出来后他们和我闹翻了，说我是专门窃取和扭曲别人精神隐私的贼，是个该被拉去打靶的撒谎者。我在心里呵呵，我要是老老实实地写，谁会买我的书？撩开绒布，架子底下还有一层，放着一排立起来的书，每隔几本就夹着一张黑胶唱片。我看了看，有约翰·施特劳斯的《红衫仔》，还有《当铺爵士》《哥德堡变奏曲》。我听发烧友们提起过《哥德堡变奏曲》，说这是古尔德的第一张唱片，又是最后一张，他从这张唱片出发，临死又回到这里。壁炉对面的墙上贴着几幅作品。第一幅是张速写。画的是一个穿练功服的女人跳舞的各种姿势，没画上半身，只画了腰以下小鹿一样健美饱满的双腿。在一大堆腿中间，还藏着一双男人的腿，严格来说那不算是腿，只是西裤里露出的两截金属义肢。它们掩盖在裤腿下面，干瘪，晃荡。而混在一堆美丽的腿当中，又显得多么突兀、丑陋，以及沮丧。第二幅是一首写在画纸上的现代诗，字体忽大忽小，不拘一格，棱角尖锐，线条流畅潇洒。第三幅是摄影作品，黑白片，拍摄的是一个洞穴，看不出特别之处。

画，腿，诗，照片。文婳在壁炉前来回走动，自言自语起来，特地放在这个地方展示的一定不是普通的作品，它想告诉我们什么呢，它们之间有联系吗？

我倒是觉得那首诗的最后几句有点儿意思——

埋没在黑夜的泥土里

无法呼吸

我愿粉身碎骨

完成生命中极限的一跃

文婳突然回过头来问我，消失可不可以理解为死亡？

我想了想说，消失包括死亡，它比死亡所表达的含义广，它有不明生死的不确定性，正因为这种不确定性，就比死亡显得更为生动和丰富，而单纯的死亡只是一种被动的行为；而消失，具有主动性，更符合游戏精神。

文婳使劲点头表示赞同，然后她右手指向屋子的角落，我才发现那里还有一个小过道。过道是圆拱形的，用一块蜡染的蓝布挡着。撩开布帘走入，是一个小暗房。房里有一套桌椅，上面摆着一台电脑。文婳两步上前按下电脑开关，很快地，里面出现了许多幅黑白画面，画面里可以看到这幢房子的走廊、楼梯、工作室、屋前屋后，包括岛上好几处我没去过的地方。

文婳说，没人监视我们，我早上来过，我来的时候这里就是空的了。

我说，没听过狡兔三窟吗？这里可能只是其中一处，还有更隐蔽的地方没让你找着。

文婳说，我还是坚持我的看法，也许没有监视者。

我说，那为何要安装这么多摄像头，又是谁邀请我们来的？

文婳说，可能只是记录，见证它的过程而已。

我说，游戏的设计者没那么无聊。然后我想起以前自己做过的一些无聊的事情，比如在公厕旁蹲守半天，数有多少个人进去，进去多少分钟，他们进去和出来时的表情是怎样的。我实在是个无聊透顶的人，不然又怎会来参加这么一个活动，那不过是从一个无聊的地方去到另一个无聊的地方，做一些无聊的事情而已。

文婳说，我查过了，昨天之前的记录全部被删除了。

我看了文婳一眼，她的眼睛亮晶晶的，眼睫毛一闪一闪，看不出任何害怕或担心的表情。在屏幕的亮光下，她脸上那几颗雀斑的颜色显得更深沉了。我想起了邮件上所说的——如果你是个有意思的人……也许，文婳正是那种有意思的人。而我到底算不算是？我觉得不是。

第3天

正如船夫所言，老鸦岛不大，半天时间就能看完。老鸦岛的东、南、北三面均是平缓海滩，只在西面有崖，是典型的海蚀崖。崖对面三十米外有一座海蚀桥，我到的时候碰上退潮，桥身显露了出来，崖底的火山岩群显得特别浩荡。

正如船夫所说，岛上还住有七八户人家，都是些老渔民。他们坐在自家水泥门槛上，像一尊雕塑，只在我走过时脑袋稍微动一下，身体也跟着动一下，换一个姿势。待我走远了，他们也静止了下来。他们住的房子是前面有一进，中间是天井，后面还有一进的那种长条形老屋。屋前种着蔬菜，散养着一些鸡。几棵不太高的马尾松上拉着粗粗的胶绳，上面晾着衣物，还挂着褪色的绿网，网的下端垂落到沙地上，沾了沙子，变成了白色。一些没人住的房舍或敞开大门，或大锁把守，大多因年久失修而破损，有些外墙还坍塌了，只剩半堵墙围起的窄长空间里杂草丛生。

走了一圈，以我对这岛的大致推断，别说消失了，连个隐蔽的地方都没有，我开始怀疑自己是不是被邀请者给愚弄了。文娴倒是表现出了极高的兴致，下午四点我回到地下室的时候，她还在岛上到处转悠，仿佛她此行是来旅游的。岛上有好几处安装了监控，文娴偶尔出现在摄像头前，挥挥手，或咧嘴一笑，好像知道我在看她似的。当我盯着显示屏上的画面再也盯不出什么新意来时，就回到了厅里，躺在沙发上，看着对面墙上的三幅作品，试图去思考它们之间有可能存在的联系——画家，舞者，诗人，摄影师，雕塑家，作家。孤岛，七天。老房子，地下室，海滩。摄像头，消失。我，文嫚。作品，作品，作品。我找出一张白纸，写下了这一堆乱七八糟的我仅能想到的线索。这实在令我感到头痛，我再一次确定它们之间没有任何联系，起码目前看来如此。我想抽一支烟，手指摸向裤兜，烟盒扁扁的，只剩两支烟了，来的时候只顺手带了一包，想了想，又把手缩了回来。我咽了下口水，走向角落的酒柜。那里有几瓶看着不错的葡萄酒，还有一把铝合金开瓶器，我决定喝两杯。我的酒量不大好，两杯下去就开始犯困。我躺到沙发上，摆出一个舒服的姿势。沙发很柔软，我的身体也很柔软。我摊开四肢，轻柔得像海里的水母，伸展着透明的身子，随着海浪的节奏，一涌，一涌，一涌，漂上了岸。沙滩粗粝，太阳火辣辣的，皮肤被烤得生疼，一个小男孩冲向我，一只棕色皮鞋猛地向我踩来。我痛得一哆嗦，醒了过来。

睁眼一看，文嫚正弯着腰，中指和拇指弓成一只煮熟海虾的形状，在弹我脑门。看见我醒来，她咧嘴一笑，直起身子，粗粗的辫子往后一甩。脸上红扑扑的，还残留着阳光的味道。嘴巴向两边咧开，露出细细的贝齿。脸颊上的雀斑被红晕掩盖了，淡淡的，很俏皮。她穿着藏蓝色的蓬蓬裙，有白色的小立领。袖子是灯笼袖，在手肘处收出好看的线条。裸露出来的皮肤是健康的小麦色，可能是刚晒了太阳的缘故，闪着迷人的光芒。真是一个热爱日晒的姑娘，这和城里女子又是多么不一样啊。我想起了贾小楼那奶油一样丰腴洁白的身子，每次出门，她都要往脸上和身上抹厚厚的防晒霜，还让我帮她。她通常只穿了内衣，指挥着我往哪儿抹。我很认真地照办。她咯咯笑得像一只要下蛋的老母鸡，我明明没碰到她哪个敏感的部位，可她脸红红的，夸张地小声嚷嚷，痒死我了痒死我了，廖括你想痒死我啊。我茫然地住了手，仿佛我占了多大的便宜似的。次数一多，我才发现这其实是贾小楼的小把戏，她把这归纳为生活情趣，而我，不幸成为她口中不解风情的那一类动物。

穿着蓬蓬裙的文姗在厅里四处走动，每个角落都走了一遍，仿佛她是第一次来到地下室。她兴致勃勃地把所有物件认真地又看了一遍，每看一个就点点头，悟出了一点儿什么似的。在这么一个古堡似的地下室里，她举止优雅，神情庄重，仿若一个中世纪姑娘。

你像这里的女主人。我看着在我跟前晃来晃去的文姗说。

她调皮地眨眨眼说，悄悄告诉你，我已经在这里生活了一百年。说完哈哈大笑。

我说，给我讲讲你的故事。

文姗没听见似的，还在不停地走来走去，忽然猛地转过身来对我说，我俩是最后两个。

我说，什么意思？

文姗说，种种迹象表明，这个游戏前面可能已有几个人参加过，而且每次都是两个人，我和你接的可能是最后一棒。

我说，不一定，可能在我们之后，游戏继续。

文姗说，问题是，这么大费周章的，有什么特殊意义吗？

我说，也有可能是一个人无聊至极的恶作剧。

文姗说，整出那么大的一盘棋，这岛、这房子、设备、作品，所有的安排，只是为了恶作剧？

我说，看过《无人生还》这本书吗？

文婳说，看过电影，但那和我们在做的是两码事儿。

我的意思是说，凡事总会有一点儿联系，比如我和你之间，我们之前见过？一起做过什么事情？或犯过同样的错误？我沉浸在自己的小说推理里。

又或者我俩身上有某种共同的东西，不然为什么是你和我，而不是其他人。她顺着我的思路说。

我说，嗯，有道理，所以，如果要找出共同点，我们还得回到我刚刚提出的问题。

文婳说，什么问题？

我说，和我讲讲你的故事。

我很简单，没什么故事。文婳又开始在壁炉前来回走动。我才回国不到一年就接到了这个活动邀请，我之前一直在俄罗斯上学。

我说，那就说说你的俄罗斯求学吧。

文婳说，说什么呢，这很普通。

随便说，想到什么说什么。我鼓励她。

她靠在壁炉边上，双手抱胸，脑袋微微仰起，闭上眼睛，像在思考，或是回忆。

我看了一下墙上的挂钟，晚上七点二十三分，肚子有点儿饿。

文婳说，我是在圣彼得堡市的列宾美术学院学习雕塑的，一开始是去进修，那时还不是正式生，地位比正式生低，负责给他们和泥，把旧雕塑拆泥。我在进修期间一边学雕塑一边学语言，一年后考试过关，才录用为正式生，一学就是六年。我要学三个科目：素描、雕塑和创作，每门功课最高分是五个"+"，我常常拿到五个"+"，学业还算顺利。暑假有四个月，从六月到九月。五月要做展，做完展后就到外面实习。我们雕塑系学生去马场，做马的各种动态雕塑。油画系的去乡村写生，一个叫皇村的地方，或是去博物馆临摹名作。一般来说六月到九月是自由的，只要我完成实习作业就可以去当导游赚学费了。我的学费都是带团赚来的，带的是中国团，是中国人开的旅游公司。我缺钱，要赚学费和生活费，但我有底线，坑人的事我不做，一般只带游客去那种算人头的店，一个客人进店得给我一笔份子钱。来钱极快的生意我是不做的，比如把一千卢布的啤酒卖到一千元人民币的店，我是不会带客人进去的。在俄罗斯带团时我遇上过小混混，他们拿枪要钱，喜欢找中国人下手，大概是欺负中国人语言不通不好报警吧。但他们对女性还算是有礼的，只告诉你让你拿钱给他，一般不会拿枪指着你。我算是个胆大的，有一回我遇上一个很年轻的小流氓，我的俄语好，便问他要钱来干什么用。他说喝酒啊。我当时也不怕，可能习以为常了，还语重心长地教育了他一番，最后他钱也不要就离开了。有时我想啊，遇上流氓喊救命还不如说声"您好"来得有用，这贼里也有绅士。文婳微笑起来。

她继续说，我不怕遇上流氓，大不了给钱，我兜里会备一些零钱，但我怕遇上吉卜赛女人，她们大多成群结队，听说还会巫术。有一次，我刚走出一家便利店，就看见一群人向我围拢过来，看衣着打扮，是吉卜赛人。为首的是一个吉卜赛女人，带着一帮小孩，那时刚入冬，天气寒冷，她们还穿着单薄的布衣、深色的长裙，盖到脚背那种。她们说的话我听不懂，那个吉卜赛女人指手画脚地比画着，七八个小孩围住我，在我身上摸东西。我那会儿也是奇怪，不懂反抗，其实只要我转身走回店里就好，因为俄罗斯商店规定是不允许吉卜赛人进去的，但我就那样一直傻傻地站着，任她们摸去我身上值钱的东西。后来店家告诉我说吉卜赛女人会巫术，以后看见她们要远远地掉头就走，要是被她们缠住，可就由不得你了。

我是不是扯远了？文婳停下，略带歉意地看着我。

我说，没事儿，你爱扯哪儿扯哪儿。

文婳想了想说，那我讲一个吓你一跳的事情，我在列宾美术学院学过解剖学，是做雕塑的需要，因为要了解人体的各块肌肉，就必须接触尸体。记得第一次去巴甫洛夫医学院，老师把我们带到一扇门前，说要进去解剖尸体。第一次，我怂了，不敢走进去，中国女孩都不敢走进去。现在回想起来觉得自己当时多么傻，不就一具尸体嘛，怕什么呢，亏我在列宾美术学院上课时还学过神学。

我说，后来呢，进去了吗？

文婳叹一口气，答非所问地说，我第一次看见尸体是在四岁，就在沙滩上，尸体赤裸着，我当时只是远远地看一眼，分辨不出性别，那像一头被水烫过的死猪。嗯，四岁，连我自己都觉得神奇，我在四岁时就知道了死亡是怎么一回事儿。第二次是在我十岁的时候，奶奶去世，尸体停放在家里七天七夜才埋。我和长辈一起，一轮接一轮地磕头，不磕头的时候就盯着奶奶的尸体看。我很害怕，却又忍不住看了一眼又一眼。小时候的我对死亡有着极度的恐惧，常常背着大人偷偷地哭，仿佛死亡是一头盯上了我的怪兽，怎么也摆脱不了。长大后我也思考过这个问题，可能我害怕的不是死亡本身，而是死亡的形式和它呈现出来的状态。那些丑陋的、痛苦的、不被尊重的、毫无尊严的死亡，我深入骨髓地抗拒。直到我在巴甫洛夫医学院学了艺用造型解剖学，把尸体一层一层地扒开，看骨点，看肌肉。死者看起来很安详，我们并没有因为对方是一具尸体而有丝毫怠慢，反而是心存敬畏。这门学科颠覆了我以往对死亡的偏见，也对生死有了更多的思考。其实死亡可以成为一门美学，它并不可怕，也许在肉体生命消失的瞬间，精神会迸发出某种神秘而又瑰丽的气场，它稍纵即逝，但我想把它理解为永恒。

等等，你刚刚说的，关于死亡美学的话题，可曾和别人谈论过？我近乎粗鲁地打断了她。

文姵侧着脑袋想了一会儿，点点头说，谈过一次。

我说，什么时候？

她小声地说，在他的葬礼上。

我说，他——是谁？哦，抱歉，我只想了解多一点儿。

我在列宾美术学院的男朋友。她咬了咬嘴唇。

我记得在一次和朋友们的聚会上，我喝醉了，大放厥词，大谈死亡美学，谈太宰治的死、三岛由纪夫的死。我说他们向往死亡，那是因为他们看到了和我们不一样的东西，那个东西很美很诱人，有颜色、形状和气味，像密封在玻璃匣子里的草莓冰激凌，你在沙漠的深处看见了它，却怎么也打不开，多么令人绝望而又充满希望。我说到底经历过什么才能如此从容不迫地安排自己的死亡啊，那才是真正的艺术。那天晚上我说得痛快，大家也听得高兴。也许每一场聚会都需要一个类似疯子的人来制造气氛，引领大家到达精神高潮，宾客各取所需，皆大欢喜。

我想，游戏的邀请者一定是对有一定共同点的人才发出邀请，如果非要找出我和文姵之间的共同点，这算不算是其中一个？

此时文姵打着哈欠说她累了，便离开了地下室。

我又坐了一会儿，离开之前去里屋看了一眼监控画面。文姵正蹲在一楼长长的走廊里，低着头，肩膀一耸一耸的，像在哭泣，如一个迷路的孩子。

我安静地看着哭泣的文姵，直到停电，画面熄灭。

第4天

　　我变得越来越懒，睡到自然醒，做事磨磨蹭蹭，反正也没什么非干不可的事情。三餐减为两餐，不愿外出，大多数时间窝在地下室里，下午冲一杯咖啡或喝一杯葡萄酒，看着监视屏里永远不变的景物，数一数三分钟内某个画面里的树枝被风吹动了几次，最有趣的莫过于看文姗在做什么。我有时甚至觉得就这样生活下去也没什么不妥，我本来需要占有的生活资源也不多，在城里的时候我可以待在贾小楼的屋子里几个月足不出户。我不是馋贾小楼的身子，但总得干点儿什么吧，我不能让她觉得我是个废人，所以就和她做那事儿。也没太大热情，我们很有规律，像老夫老妻那样，掐着日子到了就干，准点得如一月一交的水电费。当然，我不是一月一交，而是一周一交，这种频率让我和贾小楼都感觉不憋屈，我也能心安理得一点儿，起码觉得是为她做贡献了，并不算是白吃白住。可贾小楼一开始并不这样认为，她觉得我睡她是占了她多大便宜似的。得，既然你那么认为，老子就休战。这一休，她就更憋屈了，说我嫌弃她。然后我在关键时刻用行动证明了没有嫌弃她，同时也证明了自己存在的重要性。那次以后，贾小楼就对我死心塌地了。没错，我是觉得自己挺浑的，我吃定了贾小楼舍不得让我走，而我就一天又一天地赖在了她的舍不得里。知道我要来老鸦岛时贾小楼也没说什么，大概是她知道说了也没用，我就是这么一个自私自利的人。她习惯了顺从我，我只在她杀鱼时能窥见她一丁点儿反抗精神。对了，我喜欢杀鱼时的贾小楼，够狠。那个时候我对她产生一种强烈的生理冲动，当然，那和以往的定期交水电费完全不一样。

文姬的作息很有规律，她上午喜欢待在工作室里，对着画架上的稿子，用油泥捏小样。画板挡住了摄像头，我看不到她捏的是什么。累了就练一下瑜伽，她柔软得能像蛇一样把自己缠绕起来。上午来电的时间是十点到十二点，停电后她会离开工作室，到一楼的厨房里做饭，把锅铲敲得砰砰响。我有时会产生一种错觉，觉得她已经在这里生活了很久很久，久到和这里的一切有了默契。更多时候她会在储物室里选一些熟食来解决吃饭问题，比如拿面包和生菜夹进火腿，蘸上沙拉酱，再煎一个荷包蛋，冲一杯牛奶。有时她会做多一份给我。她吃东西很慢，发愣的时间远比咀嚼的时间长。午餐后她会休息大约一小时，下午离开屋子到户外去活动，不会走得太远，三点到五点期间我能通过屏幕不时地看见她的身影。六点前她会回来，晚餐只吃蔬菜拌沙拉。厨房里有好几棵生菜，根部还沾着泥巴。七点后她会到地下室找我，她知道我会在那儿，然后和我闲聊。她像一个我派出去的侦察兵，每次回来都会向我汇报一些新发现。我会详细询问那些地方的情况，最后在她的描述中无一例外地失去了去看一看的兴趣。我告诉她我大多数时间都待在监控室，或在房子内外溜达，除了她之外没看见任何其他人，言下之意我不是在偷懒，我也有干活儿的。我挺满意这样的分工，文姬就像一只勤劳的蜜蜂，每天把采回来的蜜糖与我分享，我坐享其成，而她对此并不介意。

下午三点后，文姬又出了门。一开始我还能看见她，半小时后我失去了她的踪影。我又盯了大半个小时监控，仍然没看见她。我回忆她最后出现的路线，是往西面海滩的方向。我决定出去找她。

那一带我前天去看过，是个悬崖。我站在崖顶，朝底下看了好一阵子，风平浪静的，海水淹没了岩石群，天空和大海都蓝得隐隐透紫。

不知出于什么心理，我朝崖底大吼了一声。声音很快被空旷的四周吞没，愈加显得安静了。明明很安静，又听见隆隆声响起。我确定了那来自我的身体。我按了按心脏的位置，把食指伸进耳朵使劲掏了掏，又大声地咳嗽几下，隆隆声才逐渐变弱了。

我在担心什么呢？一直站在悬崖边，那让我看起来像个傻瓜。我四处张望了一下，没发现文嬿的踪影。崖底左边海里有四根木架，应该是岛上渔民网鱼所用。小城里的人管这叫"探泊"，就是在浅海里架起渔网，涨潮时鱼虾游进渔网范围，退潮时被围起，脱身不得，成为盘中餐。到这岛上也好几天了，经过好几轮涨潮退潮，这网中的鱼虾不知还剩余多少，是死是活。如果它们有记性，明知此处有网，还会不会再次以身犯险？

崖底右边有一段短短的堤坝，我看了几眼，和前天看到的有点儿不一样。是哪儿不一样呢，一下又说不上来。我环视四周，闭上眼睛，睁开眼睛。再闭上眼睛，再睁开眼睛。对，是色彩。我记得前天堤坝上铺满了松针，满眼的绿色。而现在，松针不见了，堤坝上是光秃秃的灰色加一些小黑点，像搁置着一些小物件，离得远，看不清是什么。我朝附近看了看，那些松针还在，只是被移到了十米外的沙地上。是谁移动的呢？为什么要移走？我绕着近路，向堤坝走去。走近了，发现这是一段破损的堤坝，高约两米，长七八米，用石头砌成，呈不对称的梯形，一侧坡度大，另一侧平缓，可以走上去。上面摆满了鞋子——铜做的鞋子。它们大小一致，式样各异，从外观上看，是男人的鞋子，有皮鞋、凉鞋、运动鞋、靴子、拖鞋等。数了数，一共十一双，错落有致地摆在这一截残破的堤坝上，鞋头无一例外地朝着大海的方向。这些鞋子的工艺不错，连上面的绑带都栩栩如生。我伸出左脚，比画了一下，选一双凉鞋穿上。比我的脚稍微大了一点儿，但鞋内光滑，还算舒适。

嘿，你在干什么呢？你看起来像一座愁眉苦脸的望妇石。文婳笑嘻嘻的声音从身后传来。

我转过身去。

她并不走近，靠在一棵松树底下，双手插在口袋里，摆出一个悠闲的姿势，说，我也是刚刚才发现的。

你移开的？我朝那堆松针努努嘴。

文婳说，是的，这么好的雕塑品为何要盖起来呢？

雕塑品——噢，我差点儿忘了，你是搞雕塑。我做恍然大悟状。

是的，可不代表是我做的。她笑笑说，这岛之前可能住过画家、舞者、诗人、摄影师，为何就不能住过雕塑家？对了，我刚刚在查看这些雕塑品时发现一个问题。

我说，什么问题？

文婳说，你看一下这些鞋子的内侧。

我蹲下，看了其中一双鞋子的内侧，好像刻着什么。我用手指擦了擦，以便看得更清楚一点儿。上面刻着：2016年4月。我又看了旁边两双，分别刻着：2016年7月、2018年1月。我说，每一双都刻有时间？

文婳说，是的。

我说，你每一双都看了吗？最早的时间是什么时候？

文婳说，2015年10月。

我说，最近的呢？

文婳说，是五个月前，2018年4月。

我说，就是说两年多的时间里一共做了十一双鞋子？

文婳说，是的，而且是每个季度做一双。

我说，现在是2018年9月27日，应该还有一双2018年7月的鞋子才对。

文婳说，正是如此。

我说，这有什么特殊含义吗？

文婳说，对我们没有，但对雕塑者来说，可能具有非同一般的意义。

我说，比如呢？

文婳说，纪念，寄托，发泄，谁知道呢。

我说，雕塑师应该是一个女人，她为情人而做。

文婳说，你的想象力可真丰富。

我说，嘿，你这是在夸我吗？

文婳没搭话，转身朝树林里走去。沙子厚且蓬松，她每次踩上去都会留下一个清晰的脚印。我追上去，踩着她的脚印，跟着她走。

已近黄昏，一大片橙红的云霞漫上了沙滩和半个松树林，在身后追着我们。松树林里到处是仙人掌，有些膝盖高，有些半埋在沙里，大多数连成一片，得小心地避开。

　　我说，你是怎么发现那些鞋子的？

　　文姵停下脚步，喘了口气说，本能，直觉，我是美术生，有一种连自己也说不清楚的觉察力。怎么说呢，就像作家也有本能一样。

　　我说，作家有什么本能？

　　怀疑的本能。她俏皮地笑笑。

　　我想起一个问题，我说，这个游戏的设定为什么是七天，而不是三天，或者十天？我两步上前，和她并排走在了一起。

　　文姵说，也许，七天刚好合适交代完一些事情，又或是发现一些事情，设计者自有他的打算。

　　我们发现什么了吗？我看着她认真走路的样子，一缕头发散落下来，挡住了脸庞。

　　我们不是正在发现吗？文姵轻笑起来。

第5天

　　我被一阵急雷从梦中轰醒，看一下手表，上午快十点了。拉开窗帘，外面是压抑的昏黄色，像在某个奇异的黄昏。正下着雨，雨滴粗大，小石头一样敲击着窗玻璃，发出清脆的噼啪声，要破窗而入似的凶猛。我站在窗前，看着厚厚的雨和放着异光的天空。也不知站了多久，雨逐渐变小，天才亮堂了起来。我感到一丝寒意，这是入秋的迹象吗？也太早了吧。我生活的这座城，夏季占了足足八个月，从每年的四月开始，一直到十一月都是夏天。只在十二月的某天才突然转凉，几乎不经过秋天就直接入冬了。冬天一到，我就为自己的足不出户找到了更好的理由。在冬天，这个海滨小城的海风实在是能把北方人给吹哭，七八摄氏度的天气，感觉比北方还要冷。当然这不是我说的，是来过冬的候鸟们说的。我觉得所有不以下雪为目的的降温都是耍流氓，我希望能下一场大雪，把贾小楼的院门口给堵住，大街小巷封死，把每个人都往家里赶，无处可去，互不搭理，这才是最完美的过冬方式。

　　去年十二月，刚入冬，我就如一头准备冬眠的大白熊，除了吃饭我几乎都窝在床上。有一天，贾小楼不知在外面受了什么气，我后来猜她是听了三姑六婆嚼舌头根子。她坐在床头生闷气，拿把大梳子，使劲梳自己那头卷曲如炒面的头发，梳子划过头皮发出咔咔声。她几次停下，张了张嘴，要说点儿什么，又咽了回去。我安静地看着她。我太了解贾小楼了,她偶尔得以某种方式发泄一下,来得快去得也快,不会留有后遗症。每次她骂我,总要挑一些文绉绉的话语,仿佛只有那样才显出她贾小楼的水平,把她跟街上那些撒泼的女人区分开来,才能配得上和一个作家平等地交谈,哪怕是我这样不入流的所谓作家。我耐心地等着她开口。终于,她放下梳子,正了正身子对着我,声音低沉而又严肃地说,廖括,你活着,可你已经死了。她说得很认真,发音清晰,咬字饱满,但我还是从这句话里听出来了可耻的幽默感,于是我忍不住可耻地笑了起来,肩膀一抽一抽的。如果不是我努力忍着,我想我会放声大笑。贾小楼的脸上露出了悲伤的神情,我宁愿她像骂一条狗那样骂我,但她仍然文绉绉地咬文嚼字——我情愿你死了。她瞪着我,胸膛一起一伏的,因为压抑着情绪,身子有点儿颤抖。我想我该抱抱她,又怕她更有恃无恐地放声大哭,女人在仇恨的时候是不哭的,因为有坚固的刺顶着,形成一层类似盔甲的保护膜,一旦你拥抱她,所有的刺都会融化为泪水。我怕女人哭,所以我只能默默地抽烟,不哄,不抱,不吭声。当然了,我也做好了打算,一旦贾小楼哭了,我就抱她,然后再翻出我以往在小说里写的哄女人开心的那一套说给她听,我有把握能逗笑她。但是,贾小楼不哭,从不。我于是在骂自己王八蛋的同时也松了一口气。

贾小楼说得没错,我觉得自己活得挺没意思的,太没意思了。我原以为自己很高明,写的东西明明是假的,却把人骗得团团转。我把谎言的艺术发挥得淋漓尽致,以至于到头来连自己都分不清是真是假。我患上了疑心病,我怀疑所有人对我都是虚情假意，有所图谋。可是，我有什么可以给别人图的呢？想清了这一点后我就更沮丧了。后来有一天，我不想再玩骗人的艺术，我不写了。没料到，不写了还有后遗症，我仍然怀疑别人，怀疑自己，我甚至怀疑自己关于写作的那一段记忆是虚构出来的，所有的经历都是我虚构出来的，我其实什么也没干过，除了活生生站在我跟前的贾小楼，我怀疑其他所有我认识的人都是我虚构出来的。而贾小楼是一个帮凶，她帮我伪造了我自以为是的经历，伪造了我曾经是一个作家的假象。她的谎言像镜子一样把我包围起来，我活在那些镜子中间，和无数个真真假假的我朝夕相处，友好共存。我偶尔希望把镜子打碎，从中走出，又怕被碎裂的现场误伤。日子就那样摇摆不定地、一天一天地过下去。而现在，在来到老鸦岛后的第五天，在这么一个完全陌生的环境里，我好像找回了一点儿真实感，并遭遇了来自内心深处一丝奇怪的战栗。此时此刻，我忽然很想写下一些什么，哪怕就几个字。我想起了还没完成的那个游戏小说，感到它正以一种莽撞的姿态闯入我的生活，打乱了原有的节奏。而我并不抗拒这突如其来的新的叙事欲望，开始尝试按照它的神秘指引重新寻找颠覆以往的文字秩序。我的双手莫名地蠢蠢欲动，某种奇怪的情绪像森林里的精灵那样引领着我向工作室走去。我想我需要那个工作室和那台电脑，虽然我曾经认为它们是一个谎言般的存在。

　　经过文姬的工作室时，她不在里面，门敞开着。少了文姬的房间显得特别大，画架又显得多么笨拙和孤单。我轻轻地关上了门。这是一个永远在等待新主人的房间。这个念头一闪而过，我的脚步变得有点儿凌乱。

我第一次坐在我的工作室里，犹豫地伸手打开了主机。主机发出细微的嗡嗡声。键盘上没有灰尘，手掌抚过它，手心痒痒的。我以"游戏"两字为文件名建立了一个文档。文档空空的，只有一根小竖线在不停地闪烁。一下，一下，又一下，像在催促我。可是，写什么呢？我的脑中明明有千军万马，却又忽然一片空白。我只能慢吞吞地打出一个"我"字，再打一个还是"我"字，一个，一个，又一个，足足打了一整排。它们咧开嘴，不约而同地嘲笑我。我感到力不从心的羞耻与愤怒，这像极了一个无聊的圈套，又或是一种胁迫。我一边妥协于自己内心野蛮生长的创作欲望，一边又暗暗愤怒是谁如此胸有成竹地把我引诱到这么一个奇怪的岛上，给我一台电脑，让我开始写作。我凭什么听从对方的旨意？我再看一眼那排咧开嘴冲我直笑的"我"字，强行关上电脑，大步走出房间，狠狠地带上了门。脚步声磕遍长长的走廊，在潮湿而阴暗的空间里，显得突兀且单薄。

我给自己做了一顿丰盛的午餐。所谓丰盛，就是煎了一个荷包蛋，开了一个午餐肉罐头，用水煮了几片生菜叶子，放进一盒快餐面里一起吃，还加了一勺辣酱。中午时间没电，风扇不起作用，我吃得满头大汗的，干脆捧着快餐面坐在大门口的水泥门槛上吃。我想起岛上那些渔民晒的咸鱼干，合适的时候倒是可以向他们购买一些，白粥送咸鱼，香！我咽下一大口面。

吃完面，在屋里磨蹭了一会儿，还没到来电时间。我拿了电筒，向地下室走去。雨明显小了，地上却泥泞了起来。钻进芭蕉林时，身上湿了一大片，芭蕉叶上的雨水全洒在了我的头上、身上，并沿着我的脖子往里钻。我猛地打了个哆嗦。

地下室里有光，桌面上点着几支蜡烛。而一个人正举着手电筒在看墙上的几幅作品。走近一看，是文婳。我无端生出想拥抱她的冲动，而她对我突如其来的热情毫无知觉。她站在那几幅作品前，紧皱眉头，在思考着什么。我顺着她的视线看去，她在看那幅摄影作品。拍的是一个洞穴，从外往里拍的视觉，洞穴不大，里面有一潭水，水面折射出来的光线照在洞顶，有强烈的明暗对比。照片是黑白的，看不出特别之处。

你没发现吗？文婳说。

我说，发现什么？

摄影师拍的全部是岛上的风景，这幅应该也是在岛上拍的，可是我们从没发现过这个洞穴。她转过头来看着我。

我说，嗯，就是说这个岛上可能还有我们没去过的地方。

文婳说，会是哪儿呢？

我看了一会儿照片，整合了我以往看侦破小说的经验分析了起来，虽然是在洞里，但光线极强，说明这个洞不深，或者它正对着发光体，比如太阳。按照片看，是顺光，光线不可能从上面进来，只能是斜着进来，有可能是早上升起的太阳或正在下山的太阳，只有那个时候的光线才更容易进入洞里。洞中有水，如果那潭水是海水倒灌进去的，那么这个洞应该就在靠近海的地方。老鸦岛的西面是崖，底下是岩石群和大海，有这种可能性。可这么大一个洞，能藏得住？

文婳说，想知道有没有可能，只有一个办法，就是我们亲自去一趟。这张照片摆在地下室这么一个重要的地方，肯定有它特别的含义。

我说，雕塑家的脑袋果然有勇有谋。

因为还没轮到作家坐庄。文婳冲我调皮地眨眨眼，还没等我发问，她吹灭蜡烛，率先朝门口走去。

天已放晴，老鸦岛的天气变得真快。一场暴雨带走了炎热，海风凉飕飕的，夹着一股子咸腥味儿。一路上文婳没有说话，头低垂着，心事重重的样子。

我想活跃一下气氛，便说，我昨天差点儿以为你跳崖了。

文婳说，跳了也死不了，顶多就少根胳膊断条腿什么的。

我揶揄她，你试过？

文婳说，死是很宝贵的，每个人只有一次死的机会，要死也要死得有意思过足瘾。

我说，死还能过瘾？

文婳说，能。

我说，怎么过瘾？

自己领悟。文婳有点儿心不在焉。

走了大半个时辰，到了崖边。海水往上涨了许多，淹没了岩石群，海蚀桥的桥身也被悉数淹没，完全看不出是一座桥的样子。

文婳走到崖边上，探出身体朝底下看了看说，作家同志，有什么想法吗？

我学着她的样子往前探出身体，说，有两个办法：一是跳到海里再爬上来；二是从这儿往下爬。

那你得先做好碎尸万段的心理准备，别以为底下那些石头是吃素的。文婳朝右侧的远处的沙滩望去，想了想说，应该还有第三种方法。

我看着她，等她说出答案。

文婳说，你会游泳吗？

我说，海里生浪里长的男人，和鱼差不了多少。

文婳说，那太好了，我们可以从水路过去，这里离最近的沙滩目测不过数百米，我们从那边沙滩下海，向这边游，然后再往上爬。涨潮了，倒是让我们少爬一段距离。这崖不算大，如果有洞穴，一定能发现。说完兔子一样跑在了前头，我能做的就是大步跟上。

这一片沙滩和我之前登陆的那一片不大一样，沙滩上遍布小洞穴，不时有小如指甲的沙蟹出没。我们的出现惊动了它们，撒腿儿就往洞穴里钻。文婳停下来好奇地看着它们。

抓过沙蟹吗？我问文婳。

没，俄罗斯没这玩意儿。

想不想知道？

嗯。

抓沙蟹只能在夜间，那时候整个海滩都是。沙蟹机灵，你一靠近它就钻洞，想让它们乖乖投降必须用一样工具。猜猜是什么？

网？

不是。

铲？

不是。

不猜了，不说拉倒。

是电筒。

文婳惊奇地瞪大了眼睛。

用电筒对着沙蟹一照，全部被摄了魂一样定不动，蠢蠢地盯着亮光。那时候你爱怎么抓就怎么抓，哗哗地一捞一大把，带去的桶都不够装。我夸张地卖弄。

抓它们干吗？那么小，又没肉。

做沙蟹汁啊，市场上卖得可好了。

残忍。文姵瞪我一眼跑在了前面。

这边的沙滩很结实，被海浪推出了层层叠叠、连绵不断的小山丘形状，踩上去并没留下多少痕迹。沙滩上有几只被水冲上了岸的水母，像几团黏稠发胀的胶水，太阳下闪着浑浊的银光。文姵用皮鞋把它们一个个踢回了海里。

还能活。她说。

她在离海稍远的地方找到一个隆起的沙丘，把皮鞋脱掉，摆在上面。转身背对着我，开始脱外面的裙子。裙子里面是一条白色的贴身衬裙，丝质的，有珍珠那样圆润饱满的光泽，衬得她的麦色肌肤健康又充满活力。

我脱衣服的时候，她已下水。

我下水的时候，就失去了她的踪影。我一边朝海里走去，一边搜索她的身影。半分钟过去了，还是没看见她。就在我准备大声叫喊她的名字时，她从海面一个波光闪亮处浮出头来，冲我挥了几下手，又一头扎了进去。她那时离我五十米开外，我奋力朝她游了过去。对我这个土生土长的海边人而言，游几百米不算多难的事，可不管怎么追赶，仍然靠近不了文姵。她像一条美人鱼，游弋在这一海银光莹莹的碧波中。每游一阵子，她就停下来朝我挥手，在确定我看见她之后又继续向前游去。也不知游了多久，我的手触碰到一些石头，越靠近崖底岩石越多，我只能放缓速度。这几百米游得我筋疲力尽，身体很沉很沉，坠着几个秤砣似的。文姬正站在前方一块大岩石上，海水淹过了她的胸口，她伸出长长的双臂，鱼鳍一样拍打着水面。

从崖底往上看，并不像从上往下看那么陡峭，底下是层层叠叠的火山岩，中间部分被海水蚀掉了，呈一个圆弧形。

等我快到她跟前时，她翻身下水，朝前游去。这边的石头更是密集，她灵巧地避开，如一尾沙箭鱼不慌不忙地游回它的洞府。

从这儿向上爬看起来更容易一点儿。文姬说。她停下游动，抬头张望，慢慢地爬上了一块石头。石头往外凸出，可以沿着它侧身向上攀爬。石缝里长着一些不知名的植物，我们小心翼翼地拉着拽着，借力稳住身体。再往前走，在一个类似转角的地方，一棵庞大的像榕树那样的植物挡住了去向。植物有半边身体嵌进了岩石缝里，许多条深褐色两指粗的根须低垂入海。前方看不见可以继续行走的地方，向上看，又被凸出的岩石遮挡了视线。文姬伸出右手，抓住几条根须，使劲拉扯了几下，有沙石坠落。我学着文姬的样子，也抓住另几条根须，用力拉扯，根须结实如链。只见文姬双脚离地，双手抱紧根须朝前荡了出去，在我目瞪口呆之时，她又荡了回来。她连续荡出去了三次，再回来时，脸颊微红，喘着气儿，难掩兴奋之色。她拍了拍发红的手掌说，前面怪石嶙峋，必有蹊跷。我说，你看见什么了？她说我们先荡过去再说。她用手比画着，说荡出去前方两米处，左边有块大石头，可落脚。她还安慰我说不用担心，这里离崖底不到五米，还有海水垫背，掉下去了也摔不死。

文婳率先荡了过去。过了一阵子，她的声音从前方传来——廖括，看你的了。

文婳用的那些根须弹了回来，我抓住它们，学着文婳的样子，双脚离地，荡了出去。过了前面拐角处凸起的石块后，我看见文婳站在左边一大块平坦的石头上，伸长了脖子。看见我，她拼命地挥手。由于我用力过猛，速度太快，没法落到该去的地方，只好回到了原地。第二次再荡出去时，我把握好力度，轻轻一晃，就落到了文婳身边。

这里果然如文婳说的，有好些怪石，柱形，或从地面直立，或倒挂。而我们所处的位置，正是海水侵蚀凹进去的那部分，从上往下看是无法发现的。地面凹凸不平，低洼处积满了水。此处离海面不算太高，如逢大涨潮，海水必然要淹没。关键是，这些柱形石块的后面，好像还有更大的空间。文婳早就发现了这点，并先我一步走了进去。

往里走几米后，空间就宽敞了起来，果然是一个隐藏的洞穴，有半个羽毛球场那么大。站在洞里，能看见外面的天空，如逢太阳西下，光线应该能射进洞里吧。这里和摄影师作品里的景物极为相近，只是那潭水比照片里的水面低了不少，大概是最近海水倒灌不多造成的。文婳盯着那潭水，看得入神。

就一个荒废的洞，还以为藏着人呢。我略表失望。

文婳说，你怎么知道没藏人？

我说，这里一目了然，人藏哪儿？

水里。她蹲下来，伸出一条腿去试那潭水的深浅。

难不成这人躲在水底？我笑嘻嘻地捡起一颗小石子扔进了

水里。

文婳说，有可能，没听过洞里有洞，别有洞天吗？

我说，怎么藏？

首先，要变成死人。她慢慢地下了水，向前游了几米，回过头来说，其次，想办法掩藏自己已经变成死人的真相，这恰好算一个让自己消失的方法。

我说，这算什么方法，咱也犯不着为了消失而干掉自己吧。

文婳说，可能有一天，你就不是这么想的了。

我说，就算要死也是从崖上往下一跳，干脆利索，何必还要费尽心思跑这洞里来藏着死。

文婳说，死很容易，但要死得有意思很难，而这可能正是游戏设计者所追求的东西。

我说，设计者到底是谁？看来不大像一个正常人。

文婳说，想知道他是谁只有一个办法。

我说，什么办法？

文婳说，让游戏结束。

我说，怎么结束？

文婳说，我们中间有一个人消失。

我说，如果我们俩都不愿意消失呢？

文婳说，这个你我都想到的问题，作为设计者本人难道会想不到？只有一种可能。

我说，什么可能？

就是他赌我们其中一人会消失——她看着我，声音变得低沉磁性起来。你会吗？

我觉得回答会与不会都显得愚蠢，我把手伸进裤兜找烟，却发现自己只穿了一条花色大短裤。

文婳说，你有没有想过，我们为什么会到这里来？

我想说，生活太没劲儿了，都想逃离，但逃离和消失是两回事，所有的诱因都不足以成为我消失的理由。但我没说出来，只不咸不淡地说了句"我想写一个关于游戏的小说，来找找灵感"。

文婳还沉浸在自己的思考中，她说，之前你分析得对，我们有共同点，游戏邀请者并不是盲目选人的，他有自己的逻辑。

我说，说说看。

文婳说，我们和寻常人的生活格格不入，自以为高尚，哪怕做着下三烂的事情，又可以为一件小事信守承诺，从某种意义上来说，算是一个正直的人，可骨子里又极其卑微，总想做一件大事来成全自己，因此有可能会选择一种铤而走险的做法。

我问，你说的是你，还是我？

文婳说，我们，还有他们——那些在岛上住过的人。

我说，你知道他们？

文婳调皮一笑说，我猜的。

出洞时正逢太阳西下，光线射进了洞里，眼前只见虚幻美景一处，和所有晦涩艰难的设想完全扯不上关系。我回头望了一眼，想起方才文婳所说的话。我想我哪怕要赴死，也不会选这么一个地方。太孤独了。

第6天

发现了洞穴后，我和文姬的话题总是绕不开它，它成了横在我俩跟前的一座大山。文姬有时会表现得沉默而又心事重重，她长时间待在地下室里，反复地看墙上那几幅早已烂熟于心的作品，不时叹息一声。我喜欢待在监控室里，看那些黑白画面。一样的景物，一样的空无一人，一样的安静与落寞，不同的只是光线、明暗与阴影的交替变换。盯着画面的时间久了，仿佛那不过是几幅蹩脚的画作，死气沉沉而又令人抗拒。

我带来的烟早已抽完，这座房子里有许多吃的喝的东西，唯独没有烟，这让我感觉烦躁，美酒也逐渐对我失去了吸引力。我开始对这一切感到厌倦，如果我没来老鸦岛，这会儿大概正和贾小楼搂在一块儿睡觉，就如每个寻常的白天和夜晚那样。也不知多久了，我写不出任何东西，只能躲进贾小楼的肉体里，逃避，逃避，再逃避，直到所有人忘记我的存在，而我也忘记了所有人的存在。有时哪怕是压在身下喘息着的贾小楼，也令我感到陌生。有一次，和她做那事儿，我反复去摸跟前的那张脸。我看不清那张脸的主人是谁。我揉了揉眼睛，还是看不清。眼前那具白花花的肉体没有脸，它可以属于任何女人，张三或李四。不管她是谁，只要可以让我继续淹没在她幽深的黑暗里，我愿意继续不必理会她是谁。这一切真他妈的虚幻。

廖括，你在想什么呢？文姬冷不丁冒出一句话。

我说，我在想我们的假期什么时候能够结束。

文婳说，假期？

我说，这七天，就当是来度了个假，若干年后它在我们的记忆中被抹得一干二净，像从来没发生过。

是啊，像从没发生过，仿佛不过是一场梦。我们的生活就是由无数不留痕迹的小片段组成的吧，所以一辈子再长，也没多少值得保留的记忆。这样的生活，有意思吗？文婳仰头看着天花板，梦呓一样地说。

没意思。我说，把生活扩大来看每一处细节，还真没意识到，我们自以为有意思的生活，就像那些做电影的人，一部电影反复地拉片，拉十遍、二十遍、五十遍，看到想吐，我们就活在那想吐的几十遍拉片里，妄想下一遍能找出新意，可等来的是一次比一次腻味。偶尔会产生破坏感，想把一切打碎重来，毁掉之前的，哪怕它构建得多么完整，肉眼看不出破绽。看似完整的生活已经成为我们所背负的存量，每次举起一个大锤子，想砸掉它，每次又尿掉，最后还得妥协在一次又一次的拉片中。

文婳笑嘻嘻地说，你这会儿看真像一位作家了，这个游戏如果少了一位作家参与还真是有遗憾。

遗憾什么呢？我什么都干不了。我自嘲地笑笑。

你能行，你刚刚说的就很棒。文婳由衷地赞美。

后天我们就会离开这里了，我一个字也不会留下。我说得很坚定，那天我离开贾小楼时也是这样的表情。

也许来到这儿的每个人都说过像你那样的一句话，可他们最终还是妥协了。文婳依然笑嘻嘻的。

我说，妥协？向谁妥协？

文婳说，现实，理想，诺言，谁知道呢，总有一样东西能出其不意地打败你。

我说，能打败你的是什么？

她想了想说，是谎言。

我表示不解。

文婳说，当承诺无法兑现，大概就成了谎言吧。

我说，那也不至于能置人于死地。

你是个信守承诺的人吗？文婳说，你看这些留下作品的人，他们相互间素未谋面，但因为遵守规则，游戏才得以延续了下来。

我不想回答文婳这个问题，如果我告诉她我曾经因为一个打赌而差点儿把自己憋死在水里，她一定会认为我是个大傻瓜。"你是个信守承诺的人吗？"这句话听起来有点儿熟悉，像在哪里听见过，可它冒了一下泡就再无踪影，以至于我认为不过是自己的错觉。

文婳说，我不是，我是一个背叛者，三年前，我眼睁睁地看着他在我跟前咽气，而我却爽约了。他是我在列宾美术学院的同学，低我一年级，我成为列宾美术学院的正式生之后，他还是那里的实习生，每天负责帮我们正式生清理教室和拆模具油泥。我们一直互不理睬，直到一个冬日的早晨，那天下着小雪，我俩早早来到了教室，那会儿没有其他人，我俩开始说话。感觉就是那么神奇的事情，那天以后我们就恋爱了，爱得死去活来，我们在列宾美术学院学习生活了七年。回到国内后，他生病了，是癌症。我俩之前有过约定，同生共死，而我却在一个很美很美的冬日飘雪的早晨背叛了他。此后，任何下雪的早晨都能令我产生罪恶感，我于是来到了南方，我以为没有雪的地方会让我好受些，可是，没有用，那雪已经长进了我的血肉里。文娴说得风轻云淡的，仿佛是别人的故事。

我说，那不怪你，你没有责任和义务陪他死。

文娴说，我经常想，如果时光可以重来，我会做出不一样的选择吗？

我说，会吗？

没有如果。文娴微笑起来，幽幽地说，明天就是第七天了，我们能完成任务吗？

我说，要看奖赏的诱惑力有多少。

文娴说，那只是外因，关键之处不在那儿。

我说，在哪儿？

文娴说，你的心。

我说，这不过是个游戏，完不成我也不会为此感到自责的。

文娴说，或许除了自责，还有点儿别的什么东西。当然了，设计者可能也在打赌。

我说，赌什么呢？

文娴说，赌人性，赌我们的契约精神，又或者是赌欲望，内心深处的欲望会让人铤而走险。

我想笑，可文娴看起来很严肃的样子，让我觉得笑出来是一件极不厚道的事情。

下午三点半的时候，文娴离开了房子。原先我还能在监控画面里看见她，她是朝海边走去的，然后就消失了。五点前我再次在监控里看见了她，出现在那段破损堤坝的方向。她看起来和平时没什么两样，慢慢地低头走路，永远在发呆的模样。当她出现在屋前的一个摄像头下时，她突然抬头，对着摄像头微笑，伸出两根手指，做出一个胜利的手势。我也隔着屏幕对她笑笑。

晚上七点后，文婳没像以往一样到地下室找我聊天，直到九点我也没再看见她的身影，我猜她可能一直待在自己的房间里。停电后，我仍旧待在地下室里，点着蜡烛，面对昏黄的四壁，像看一部被按了暂停键的老影片。每当蜡烛的火焰跳跃一下，我便在沙发上翻一下身，直到凌晨一点才回房休息。

第7天

夜里睡不踏实，尽做些稀奇古怪的梦。梦里有翻腾的海水，塞满了整片海的落日，坍塌的山崖，还有对着镜头微笑的文嬷。天蒙蒙亮时便醒来，再睡也是睡不着，老想着夜里做的梦。

我干脆起床。

过道里很暗，我没开手电筒，轻手轻脚地走过文嬷的房间，她应该还在睡梦中。我在黑暗中摸索着向二楼走去。这几天的时间里，我已熟知这幢楼的布局，每天重复着相同的路线，闭着眼睛我都能走到我想去的地方。反正在黑暗里什么也看不见，我还真闭上了双眼，慢慢地朝前走。我估算着已走到文嬷工作室的位置，在门口犹豫了一下，扭开房门，走了进去。

我打开手电筒，强光让我浑身不自在起来，仿佛我是一个擅闯民宅的贼。为了表示我是光明正大的存在，我使劲咳嗽了几声，而突兀的咳嗽声让我感到更为不适了。屋里的布局和平时没什么两样，不同的是，画架调整了方向，以前是对着窗户，现在是对着门口，以至于我能看清上面画的是什么。画架很大，画很小，只有8英寸，画着一双鞋。我走近一看，不止一张，底下有足足一沓，每一张都画着不同款式的男式鞋。数一数，一共十一张。我想起了堤坝上的那些铜鞋，凑近仔细看了看那些画，果然，每一双鞋子的内侧都有一串数字，是日期。最上面的一张显示的时间是2018年4月，最底下的一张是2015年10月，和堤坝上鞋子里的时间吻合。而现在是2018年9月了，按之前的推断，应该还有一张2018年7月的画。这画去哪儿了呢？这些画是文姗画的吗？如果是，那么堤坝上的铜鞋应该也是她做的了。想了想，似乎还有更严重的，如果我的推断是正确的，那么，在我来老鸦岛之前，她已经在这儿了。她知道我的到来，她熟知这里的一切，极有可能邀请我来的人也是她。回头细想，这一切早就有迹可循了的，她一直在引导我慢慢地"发现"这里的每一个隐蔽之处，七天时间，正如她说的，刚刚适合发现该发现的。

我竟然被文姗摆了一道！我说不上愤怒，但被人当猴一样耍的滋味并不太妙，我想找她问清楚她这样做的目的何在。可文姗不在房里，不在这幢房子的任何一个地方。她的房间干净整齐，没留下任何私人用品，像她从未在此住过。

我出了门，在整个老鸦岛细细找了一遍，没看见文姗，也没发现任何线索。去到那段堤坝的时候，我特地上去看了一下，多了一双新鞋。我看了看鞋子内侧，上面刻着"2018年7月"。

十二双鞋子补齐了。

下午三点后，我又回到地下室，随便吃了一些干粮，一直等到四点半。文姗还是没回来，监控画面里也没有她的身影。我习惯性地向角落的酒柜走去，拿出喝剩的小半瓶葡萄酒，打算喝一杯。此时此刻，酒精对我来说有一定的安抚作用。我拿起一个平时用的普通玻璃杯，杯身有着光滑的凹凸纹理，这样的纹理摸着感觉踏实。这会儿，有一封信就压在那个杯子的底下。我确定昨天之前这杯子底下什么也没有，这信不知道是什么时候放上去的。

信封是用画纸做成的，上面随意涂抹着各色颜料，像一幅抽象画，色泽暗淡，存放了很久的样子。信封没封口，我打开，里面是一张素描纸，被工工整整地对折了两次放进去的。素描纸上写了小半页蝇头小字，内容如下：

先生／女士：

当你看到这封信的时候，你已经输掉了这场比赛，按照规则，请在小岛居住三年，并留下你的作品。很抱歉，这并不是一场公平竞争，但是，接下来你会有一次赢的机会。三年内，你可以不定时离岛寻找合适的客人，三年后，请你来接力完成下一场游戏。到时，你将邀请一位客人上岛，一位你认为能胜任游戏并遵守规则的客人。请记住，一旦对方上岛，你必须在七日内消失，并让他或她成为下一任游戏策划人。请你在消失前，把你所理解的关于消失的秘密告诉对方。

祝贺你成为新一轮庄家，让我们一起把这个游戏延续下去。

消失者

消失者？我琢磨着这个词。此刻，这个词分裂为无数个由文婳演绎的动作画面——她走出这幢房子，向海边走去，在海里遨游，从崖底出现，最后消失在洞里，包括她对着摄像头做出一个胜利的手势。所有的动作在我脑子里一气呵成。我在来不及为消失者喝彩或为自己被愚弄而表达愤怒的时候，已被安排成为下一任消失者。我不明白这意味着什么。我目前不愿意过多地探究这背后的含义。但我敏锐地捕捉到了某种陌生情绪如蓬勃新芽破土而出，并自动过滤掉了令自己不适的那一部分，我的感觉不算太坏。

酒柜上还放着一本绑着粉色绸带的硬皮笔记本，也是之前我没看见过的。因为存放时间太久，纸质微微发黄并出现了星星点点的黄色斑纹。打开第一页，粘着一个美丽女子的跳舞照片。

第二页的中间有一段话，和信里的字迹是一致的，应该出自同一个人的手笔——舞蹈家在小岛上和画家相遇，画家爱上了舞蹈家——一个有着小鹿般健壮双腿的姑娘，爱情让他变得懦弱，所有的才情终究不敌他难以放下的自卑。他最后选择了一种极致的逃避方式，让自己在最爱的时候永远地消失，以此留住心中的爱情和美好的幻想。舞蹈家悲痛不已，为纪念她的爱人，设计出了这个游戏，而她在画家离开她三年后，在画家消失的地点，也让自己永远地消失了。

她在第三页写道：如果你要问游戏本身存在的意义，它本无意义，它只是通往不确定世界的另一种探索方式。人的尊严与自由永存于另一个未知世界，它属于勇敢且懦弱的人群。人的每一步行动，都需要一个明确的动力来指引，也许，可以暂且把这种动力理解为所谓的"意义"。向所有参加游戏的人致敬。

日记后面部分记录的都是舞蹈家关于画家的回忆。深情，而又令人悲伤。

我重新审视墙上的作品——画家的，诗人的，摄影师的，雕塑家的。是的，原先是三幅，现在变成了四幅。最后一幅显然是刚粘上去不久，是一张8开大的素描，画着一双皮鞋，鞋子内侧有一行小字，写着"2018年7月"。在画纸的角落里还有一行铅笔写的小字——无数个黄昏，你站在堤岸上，看着我向你越游越近——

五点整，准时停电。

四周漆黑一片。

我在黑暗中独自待着，什么也没想，又好像什么都想了。

七点又来了电，我在一片灯火通明中努力睁开双眼，强光像渔网一样向我挤压收紧。我无处可逃，感觉疲惫又虚幻。我想起网里那些双目呆滞嘴巴一开一合的鱼，想起梦里小男孩向我踩过来的皮鞋，想起贾小楼高高举起的砖头。她笑嘻嘻地说，咦，怎么还没死啊？

我来到自己的工作室，准确地说是文姬为我准备的工作室。我是她选定的人，而我却无从想起在哪儿见过她。此时此刻，我只想以自己的方式纪念文姬，并完成我那部关于游戏的小说。我打开电脑，在主机发出的细微嗡嗡声中打下了我将要写的那本书的名字———一场永不消失的邀请。

短篇小说奖

Duanpian Xiaoshuo
Jiang

颁奖词

昪愚以"万家灯火"探照"世间万象",尺幅之间展现风云之色;从人性渊薮追寻澄明之光,片言只语尤具万钧之力。卓娅母女,缠缠绕绕,既是对位,又是镜像。一家三代,人与命运,是相安,还是互抵?一纸难抒,却又道尽沧桑。遍尝苦痛的人,终于在灰暗里迎向万家灯火。

万家灯火

昇　愚

　　我曾生活过的那个小镇很小，小得只有两名警察与一个小偷。

　　当年，有个地质队去到那里，要在那片水乡泽国勘探石油。他们在一马平川的旷野里打了无数的洞，快到春节时才陆续离开。只有三个年轻人没赶上航船，逗留在了这个黑压压的小镇上。

　　小镇上唯一一家旅社最早是公私合营的，后来成了集体的。管事的老卓是个又黑又瘦的秃子。因为黑与秃，年轻那会儿就被人称为老卓了。他老婆倒是个挺漂亮的女人，主要是年轻，还有那么一点儿丰腴，就是有些来路不明。有人传她是从乡下逃婚出来的，也有人说是在老家把名声搞臭了，不出来都不行了。反正，他们生的女儿倒是白白胖胖的，浑身上下没有一点儿老卓的影子，但老卓初为人父的那股高兴劲还是溢于言表的。夫妻俩给她取了个苏联小姑娘才取的名字——卓娅。

　　因为小镇小，那家小旅社一年到头也没住过多少旅客。时间一长，它就跟一家夫妻店似的，同时也成了这一家三口的家，日子过得恬淡且平静。

卓娅十五岁那年夏天出了件大事。老卓去河里洗澡，一个猛子扎下去，让驶过的机船搅进了螺旋桨里，鲜血染红了大半条河。第二天捞上来时，七零八落的，怎么拼都少了半片脑袋瓜子。

还是因为小镇的小，街上的饭馆与店铺一到年三十就都打烊了，到了下午光景，整条街上已经连个鬼影也见不着。有的只是风刮过桥洞时发出的呜呜声，还有那些从远天飘来的细小雪花。

事情就出在这辞旧迎新的夜里。

地质队的三个年轻人在旅社的房间里关着门，喝了会儿酒，唱了会儿歌后，出汗了，打开门，又喝了会儿酒，唱了会儿歌。后来，他们醉醺醺地撞开了母女俩的房门。

除夕的雪悄无声息地在外头下着，覆盖了屋顶、路面与大地。到了第二天一早，三名年轻的地质队员搭乘一条迎亲船去了县城。当妈的好几次都差点儿要冲出旅社那两扇大门，但又咬紧牙关退回到屋里，抱住了女儿。打落的牙齿有时候只能和着血水往肚子里咽。告状那样的苦头她不是没吃过，曾在生产大队的院门外跪了两天，结果把自己跪成了全公社最出名的"破鞋"。

那一年，卓娅也就十六七岁，对性的认识也就是疼痛，痛完了竟然还有那么一点儿期待。只是，她怎么也记不清那三张脸，只记得黑咕隆咚的，三张脸老是在脑袋里跑马灯。到最后，记忆里也只剩下那些从嘴巴里喷出来的酒气。

更考验女人的是在大半个月后。该来月事的日子里，女儿身上还没来。这比当妈的自己身上没来，还让寡妇揪心。这个依然丰腴,却多了那么点儿岁月积淀的女人,在辗转一夜后,做出了她人生中的又一个重要决定。

两天后,小镇上都知道当妈的带着女儿要回娘家了,要去往她阔别了十多年的家乡。临走前,她把台账摊在柜台上,把抽屉里的硬币一个个地依次垒起来,把夹子里的每张钞票叠得就像用熨斗烫过那样平整。

她只带走了老卓留下的那一点点积蓄,缝在贴身的衣兜里面,就像当年离开村庄。她以为此生再也不会回到小镇。

20世纪80年代,城市里最蔚为壮观的景象是下班的时候。工厂的大门口,到点的铃声一响起,蜂拥而出的自行车就像是钢铁与人肉的洪流。母女俩第一次见到时,都被这场面惊着了。当妈的同时也领悟到了——原来城里面有这么多男人,总有一个是会收留她们娘儿俩的。这是一个女人的自信,但当务之急仍是女儿肚子里那块在日生夜长的肉。

可是,医院里不让刮,妇产科的医生们要先看证明。城外的卫生院里也不让刮,同样也要先见着了证明,他们才动手。一时间,女人又萌生了两腿一软的念头,但她忍住了。再不能把女儿也跪成一双“破鞋”了。最后,她只能听从长虹桥塄下摆摊的那个老军医的建议,先开七帖中药吃吃看。老军医不敢打包票,尤其不敢下猛药,弄不好那就是两条性命。他说,要真出了事,把他也搭进去,那就是三条命了。

老军医伸着三根手指头,眼睛在母女俩的身上转了一圈后,又转了大半圈。

可纸里包不住火，肚皮里面也藏不下一个小孩子。眼看天气一天比一天暖和。这天傍晚，当妈的远远地望着人民医院门口那个红十字，用力地一拍大腿，说，生，大不了生下来我当亲生儿子养着。

其实，这也是老军医给出的主意。闯荡了半生的人，最知道的就是人家要什么，也掂量过自己能给出什么。他先是给女人说了说他的情况，打了大半辈子的光棍儿，家里有两间半的小屋子，要是找些砖头来的话，还能往外再搭出半间来，这样一家四口吃喝拉撒也能齐全了。为此，他特意带女人去砖桥弄里实地看了趟，但更关键的是后来在路上说的话——等闺女将来生了，就由他来给孩子当这个爹，再由外婆来当妈，孩子不就跟着他有了城里户口？说完，他看了眼女人的脸色，马上又补充了一句：这样一来，闺女不照样是个黄花大姑娘了嘛。

老军医又伸出了那三根手指，说，这是一举三得。

人家一口一个闺女的，还抛出了城里户口，女人还能说什么？一下子，她站在大太阳底下，只觉得都要热泪盈眶了。

只不过，卓娅的生育之路走得颇为艰辛。大半年里面，三个人去了周边很多地方，主要是为避人耳目。等再回来时，又已经快到一年的除夕，三个人变成了一家四口。

老军医满脸的褶子都快要乐开花了。人还没进砖桥弄，就一把从女人怀里接过孩子，逢人就说他这是老来得子，他这真是叫老来得子了。

真正的母亲却笑不出来。跟在他们屁股后头，卓娅的眼神里流露出来的孤苦与迷茫，让人怎么看就怎么像个活脱脱的拖油瓶。

除夕，孩子在被窝里哭个不停。她既然当了姐姐，也早就像个姐姐的样子了，回来前就已把奶断了，这时也只能把孩子搂在胸口，用来堵住那张嗷嗷待哺的嘴。那种钻心的痛，不光来自奶头，还有别的地方，让她死的心都有。

她又想起那三张黑咕隆咚的脸，走马灯似的，迷迷糊糊的，喷着酒气。

卓娅不是没想到过死，挺着大肚子那会儿就不止一次地想过。而且，肚子越大，这个念头就越发强烈。那晚在上海，一家三口站在外滩的人行天桥上，她挺着快要生产的大肚子，一下子只觉得心跳得不行，眼看自己就要融化在这满街的灯火里。

她先是在心里对肚子里的孩子说，妈要死了。然后，一把抓住女人的胳膊，又说，妈，我真的要死了。

老军医一脸都是喜当爹的急切，凑过来，说，那就是要生了。

卓娅的儿子生在去医院的路上，就在这满大街的灯火里。后来，因为老军医姓孙，就给他取了名字叫孙明，但卓娅在心里也给他取了一个，早就想好了的。她叫卓娅，儿子就叫卓伟。

其实，她在那个时候就已经是个很有主见的人了。她只是嘴上不说，但把什么都看在眼里，藏进了心底。

日子一顺就过得飞快。

许多事情都是后来慢慢知道的。老军医根本不是个医生。他原先是粮站里的检验员，倒卖全国粮票被判了几年，出来后就成了个流氓，猥亵妇女又被判了几年。

照他的说法，他那点望闻问切都是在监狱里学会的。

刚开始时，姐弟俩住在那两间半屋子的最里间，有扇门可以插上。这是女人做的主，防人之心不可无，当妈的当然得为女儿多留个心眼，自己就只能跟老军医睡外间了。

　　他们在过道的地方挂了块帘子，白天拉起来，晚上放下去，但有时候是真的不方便。两口子的那种小心翼翼，连说句话都得在被窝里掐紧了嗓子。尤其天气一热，卓娅夜里是能不出去就不出去，再急，也只能夹紧了两条大腿等天亮。实在不行，就去百货商店里买个痰盂来，塞在床底下当夜壶。可耐不住的是孩子一天天地长大，再转眼都能上弄堂口去打酱油了。

　　总不能让孩子每晚都扒着床沿看姐姐嘘嘘吧？就算是看自己的亲妈也不成。

　　女人犹豫了几次后，才提出要跟老军医分床的——她跟女儿睡里屋，两个男的睡外头。

　　老军医相当委屈，挠了好一会儿的头皮，说，公共厕所才男归男、女归女的。

　　女人知道人家不情愿，就更觉得自己这是在过河拆桥。她打心眼里是感激老军医的，给了他们祖孙三代一个家，还让外孙成了她儿子，而男人自己呢？光知道为这家忙里忙外，其实什么都没留给自己，也就剩被窝里那几下打更点卯了。

　　女人还是想再坚持一下，扭头一看他那副一脸愁苦的模样，到了嘴边的话只能咽回去，只能起身，张开双臂地叫：明明，乖，到妈这儿来。

　　现在，老军医早就不给人开方子了。没有营业执照就是非法经营。夫妻俩现在都成了个体户，经营小针织产品，也就是卖点儿毛巾袜子、内衣内裤之类，还顺带着一些小修小补，给人往皮鞋底钉个铁掌。摊位仍摆在长虹桥塉下，每天早出晚归的，跟这世上绝大多数的夫妻一样，他们未必知道有成语叫相濡以沫，他们只知道夫妻就是白天在一个锅里吃饭，夜里在一张床上睡觉，哪怕就是都死翘了，两个名字也会被并排刻在一块墓碑上。

这天，老军医一早有点儿拉肚子，上公共厕所里蹲过两三趟了，仍有点儿意犹未尽，就跟女人打了声招呼，说是回趟家里，去马桶上踏踏实实地坐一会儿。

事情就出在他进家门后不久。

伴随着一声尖叫，卓娅捂着胸口就冲了出来。她赤着脚，光溜溜的两条大腿上面只套了条三角裤，上身的花布褂子扯掉了一大截，两只手都快有点儿捂不住了。

她蹲在家门口只知道一个劲儿地哭，披头散发的，直到街坊扯了件晾在一边的衬衫给她披上，才一边抽泣着，一边说棉纺厂里昨天调班，她上完白班又倒夜班，回到家里饭都没吃一口就睡下了，迷迷糊糊有人爬了上来，她连是谁都没看清楚。

可街坊们看得很真切，一进屋就见老军医叉着两条腿站在那里。屎已经掉了一裤裆，还张着两只手，一脸都是委屈，见人就嘟囔：这怎么说呢？这是怎么说的。

狗就是改不了吃屎。最后是砖桥弄的居民小组长赶来，一语定性后，老同志仍然义愤难平，又说了句：孙耀庆，你真不是个东西，你都讨着这么好的女人了，怎么还能干这种事。

当晚，女人什么话也不说，等到孩子睡着，抬手给了女儿一个巴掌。这是女人平生第一次打女儿。啪的一声响过后，她的泪水就不由自主地掉了下来。

女儿也眼泪汪汪的，扬着被扇红的那半边脸颊，看着母亲，说，现在不好吗？现在这家里总算干净了。

说完，她抓过桌上的那串钥匙，头也不回地出了门。

大街上空旷而幽暗，路灯被行道树遮挡着，影影绰绰的，一阵风吹过就发出一片沙沙的声音。其实，这天夜里卓娅哪儿都没去，就站在了长虹桥上，迎着风，止不住的是泪水。她是忽然发现的，泪眼里夜晚的灯火竟会是别样璀璨，像太阳反射在水里的那种光，一晃一晃的，直到巡逻的联防队员把她送回家。

老军医这回赶上了严打，服刑的监狱远在西宁。女人千里迢迢地赶去探视，但他说什么也不肯见。女人知道，母女俩是把这个老男人的心伤透了。所以等到第二年开春，她又去了一次。老军医仍是不肯相见。

女人回来后，看着女儿，说，他这是恨死我们了。

卓娅不说话，只顾埋头织一件小毛衣。孩子眼看要上幼儿园了，听他每次追着女人一口一个妈地叫着，就像有无数把刀子在剜着她的肉。

女人其实也早就看在眼里了，很多次话里话外的，像是借着和尚在骂秃驴，但听上去又是那么苦口婆心，说，你就是心太急，你迟早是要嫁人的，到时候，你过你们的小日子，我们一家三口在这里，这多好？谁也碍不着谁。可话到最后，声音里难免会掺杂着丝丝的怨恨。女人说，可你倒好，非要把一个好好的家弄成这样子。

那不是我的家。女儿说，那是你的家。

谁的家不是家？女人说，我是你妈。

一下子，女儿的眼神从没像此刻这般醒目。她逼视着母亲，问她到底是谁的妈。她一字一句地说，你是我的妈，还是我儿子的妈？

这些年里蒙在心头那层窗户纸一旦捅破，母女俩谁也不买谁的账，直到熟睡中的孩子被吵醒，才一下都闭了嘴。

可是，等他很快又睡着后，卓娅低头看枕头上那张稚嫩的小脸，就像对天发誓那样，每个字都是从牙齿缝挤出来的。她说她这辈子都不会嫁人的，她要一辈子守着她儿子。

那是你弟。女人的声音平和下来了，提醒她说，你害了别人还不够？你还想害自己不成？说完，她仍不放心，就又说，你要真是害自己，我也管不着，只求你别害了孩子。

看来，当外婆的是真把外孙当成了自己的儿子。

但一个女人要真对自己发起狠来，有时候连当妈的都会束手无策。卓娅眼看就快三十了，连棉纺厂都倒闭好几年了，人家就是不肯嫁，连对象都不愿意谈。下班回到家里，常常是连大门都不出，只知道关在屋里给她弟弟织毛衣，织完毛衣织毛裤。反正，毛线就这点儿好，织了能拆，拆了又能织，洗一洗、蒸一蒸，换个样式又是一件新毛衣。

反正，她在二轻商场里当售货员那点儿工资，几乎都被花在买毛线上，就连砖桥弄里的街坊们都在替她惋惜——好好的一个黄花大闺女，这辈子都毁在那个禽兽不如的继父身上了。

有一天，女人实在是看不下去了，说，孩子的毛衣都能穿到他娶媳妇了。

娶了媳妇忘了娘。卓娅笑着说，到时候，我们扯平了。

看来，女儿心头这道口子是永远都愈合不了了。

卓娅终于还是嫁人了，在她三十好几的时候。新郎是城关中学里的数学老师，是个鳏夫，老婆也曾是个人民教师，在上课时死于心肌梗死，只给他留下了无尽的悲伤，还有一个不满十岁的儿子。

更值得一说的是他们的介绍人——王老师退休前在城关中学里教美术，也是个鳏夫，家就住在长虹桥堍下，沿街的那半间门面房租给女人也有几年了，上面那块招牌都是他帮着题写的，七个方正的仿宋体——庆红日用百货店。

老军医还在摆摊给人开方子时他俩就熟，看着人家一转眼就有儿有女，娶的还是这么招人待见的一个女人，王老师当初就曾扪心自问过，自己好歹也是个人民教师，怎就比不上一个个体户呢？何况还是坐过两回牢的。看来，老天爷也是个乔太守，就知道乱点鸳鸯谱。

没想到老军医会第三次去坐牢。王老师觉得是老天爷总算开眼了，就找人先拆了屋里沿街的那面墙，再撺掇着女人把摊位搬进来。

价钱什么的都好说，要换了别人我还舍不得租呢。退休的美术教师毕竟也是知识分子，话说得既含蓄，又有点儿露骨：我看中的是你这人，这么些年了，我都是看在眼里的。

嫁过两回的女人，这点儿门道能看不出来？她只是装作糊涂，不全图那几个省下来的租金，也不全是为了不再受日晒雨淋。女人想得更深远——女儿是横竖靠不住了，至于那个外孙兼儿子，将来说不定还有一出惊天动地的大戏在等着呢。

可一想到老军医，女人的心又莫名地揪了起来。

好在王老师不是个急切的人，画了大半辈子的画，人家讲究的是步骤。一年四季里面，有三个季节都摇着把折扇，就像个说书先生。坐在庆红日用百货店里，他什么都说：他的儿子调去省里了，是教育系统里的骨干；他的女儿在北京，在大学里面当讲师，嫁的男人还是教授呢。可以说，为了祖国的教育事业，不光他贡献了自己的这一辈子，他连儿子、女儿与女婿的那辈子也都贡献出去了。

这叫什么？王老师说，这就叫薪火相传。

女人的心又在隐隐作痛，但也知道，这么好的男人，从一开始就不是为她准备的。她把这个归结为命中无时莫强求，连觉海寺里求来的签上都是这么说她的。

女人就是从那时开始烧香拜佛，每个月的初一、十五都会上觉海寺里去。基本是趁着天还没亮，为的是不耽误赶早的那一拨买卖。到了月底的最后一个傍晚，就是她关起店门来盘货的时候。这是老军医在时定下的规矩，如今却已成为王老师人生中最期待的时刻。

一大早就在准备了。王老师不光会画画与背诗，烹饪上面也是把好手，煎炸炖煮，至少看上去都是有模有样的。等到女人把账目轧平，他的菜也上桌了。两个人面对面地坐下，再开上一瓶花雕酒，在灯光里很有种此时无声胜有声的意境。

只不过，女人每次仍会想起老军医，但她更明白，男人都是翻脸不认人的，再老的也是。你不给他点儿甜头尝，他就会给你看脸色，可那也不能由着王老师的性子胡来。女人在这方面还是很会拿捏分寸的，尤其是王老师喝到要老夫聊发少年狂时，她都会婉转地提一下城关中学里那位老校长。这是王老师亲口说的，老校长当年就是马上风，把命送在了校办厂女会计的肚子上。他那几个子女到现在都还没抬起头来呢。

子女就是套在父母脑袋上的笼头。在这样一种氛围里面，王老师那次是主动要求来当这个媒人的。

人生能有几回搏？不能碍于面子反把自己熬干了。他对女人说，嫁个人民教师多好呀！你闺女将来成了师母，那也是桃李满天下，还有你儿子，这不是天上掉下来的补习老师吗？

卓娅婚前就跟数学老师提了两个要求，小孩她是不生的，她怕痛。数学老师当然没意见，他又不是没小孩，儿子都快十岁了。就是第二个要求他有点儿犹豫，卓娅要带着弟弟一块儿嫁过去。

你弟弟都已经快是小伙子了。数学老师说，他不是还有你妈吗？

那不一样。卓娅说孙明再有两年就高考了，他得上大学，他是迟早要离开这块小地方的，但关键是数学成绩不行。

数学老师明白了，笑着说，你这是在找补课老师呀。

你要这样想也成。卓娅有点儿不高兴了，说独生子女都娇生惯养的，她主要是想让两个孩子在一起，在学习上相互鼓励，在生活中相互帮助。她还说，他们都是男孩子，他们迟早都要离开这块小地方，独立生活的。

这话说到了数学老师的心坎里。他没想到二轻商场里的售货员还挺有见识，就用力地一点头，说，行，听你的。

不情愿的人反倒是当妈的。女人说她活了这些岁数，还没听说过哪个新娘子是带着弟弟上花轿的，除非是家里没人了。

他是我弟吗？女儿不咸不淡地顶了一句。

女人的眼神一下黯淡了许多，说，你们都走了，家里就剩我一个人了。

你怎么是一个人？女儿说，你店里有个姓王的，西宁劳改农场里还有个姓孙的，你忙得过来吗？

女人无语了，默默地起身，收拾起碗筷去了外头那半间，只能一个人对着水槽默默地抹眼泪。女人早就发现了，人的岁数越往上长，这眼窝子就越浅，动不动就会有眼泪掉出来。

不过，卓娅的婚期还是稍稍地往后挪了挪。主要考虑到拆迁——砖桥弄是全县城里第一个老区再建工程，公告早贴在弄堂口了——多留一口人在家里住着，那得多分上好些个平方呢。

女人是全弄堂里第一个踊跃报名的，虽然拆迁房建在了城外，但她早在街坊们还围着公告各打小算盘时，就已经下定了决心，对外宣称是为了不耽搁女儿的婚事。其实，女人心里想得更多的还是老军医——他真要回来了，哪有脸再待在这条弄堂里。

乔迁的当晚，一家三口终于有了各自睡觉的房间，却都失眠了。

几天后，女人第三次去了趟西宁。相隔了那么多年后，这一回老军医总算同意探视了，而奇怪的是他竟然一点儿都没见老，脸上的褶子还是褶子。除了头发白一点儿，皮肤黑一点儿、糙一点儿，人更瘦了一点儿。

他说这些年里的那些信他都收到了。

都是王老师帮着写的。女人说，他是个好人。

那我就不回去，你就跟他过算了。老军医说，他确实是个好人。

女人竟然有点儿脸红。她都不记得自己什么时候脸红过。她说家里刚搬了，她这次来是留个地址的，怕他出来后找不着。说完，她想了想，又说女儿结婚了，嫁的是个教书的，二婚头，她带了两包喜糖过来，留在了外面管教那里。

老军医许久都没出声。女人就知道这么多年过去了，他心里还是没放下。

要怪就怪我。她说，都是自家人，你就大人不计小人过吧。

又过了多年之后，孙明要在上海成亲了。他用车把全家老小都拉了过去，共同见证他人生中最幸福的时光。

老军医茫然地站在酒店大堂里，对女人说，我做梦都没梦见过这一天。

女人也是，回头看看女儿，眼泪又要夺眶而出，但她强忍住了。

那晚夜深人静后，卓娅让数学老师带她去了趟外滩的那座天桥。置身于那么一望无际的灯火之中，她对丈夫说这跟她记忆里的一点儿都不像。后来，她还说她曾经差点就从这上面跳下去。

数学老师说，幸亏你没跳。

卓娅说，我跳了。她还想说，是儿子救了我。

但她永远不会说。

秘密之所以成为秘密，就因为它是留给记忆的。

颁奖词

　　《双玉鱼》书写罹患阿尔茨
海默病的母亲晚年的清晰记忆，
以及潮剧《双玉鱼》中反复吟唱
的"有情有义"的人物，从奔涌
向前的客观现实打捞幽深的传统
价值，拷问"情义"的流变与坚
守。细节处尽显人情冷暖。这是
一段跨越厚重岁月的"重逢"，
在回望与躬省之间，亦真亦幻、
叠影重重。

双玉鱼

陈再见

　　最近两年，具体是父亲去世之后，母亲发生了一些不太正常的变化。她开始喜欢逢人就回忆往事，同样的事情可以重复无数遍；她还重拾了多年前的某些爱好，不追湖南卫视的连续剧了，听回那些老掉牙的潮剧和白字戏，甚至，她竟然又嚼起了茶叶——这事不提我们都差点忘了，邻里都知道母亲年轻时爱嚼茶叶的习惯，就像现在的年轻人爱在嘴里嚼两颗口香糖，或者一块槟榔。谁也搞不懂母亲为什么会有那么一个奇怪的癖好，她又不太敢喝茶，尤其是铁观音，喝了就整晚睡不着，嚼茶叶却一点儿事也没有。好在茶叶不是什么金贵的物件，家家茶几上都有，母亲到谁家都能抓一把，即便是上街时，她也可以佯装进茶叶店试试货，人家还得夸她内行呢！

　　这些变化吧，说起来也不算多么严重，毕竟老人家年纪也大了。至少她现在的身体还挺棒的，纠缠多年的头痛头晕（年轻时被惊雷打落的瓦片砸到的后遗症），还有胃病，都很少复发了，还有痊愈的迹象，这可真是神迹。就是说，老人家的身体越来越好，精神生活却似乎在开倒车，这不正是返老还童的表征吗？这么一联想，全家人又开始紧张起来。在老家的哥嫂主动揽起观察的任务，偷偷看母亲满头白发是不是开始变黑，嫂子又以看牙医为由，摘了母亲的假牙，看看里面光秃秃的牙床会不会长出新牙来。幸好，这些异象都没有出现。我跟哥哥说，是不是太敏感了？哥哥说，他也希望是敏感，不过，你有时间回来看看，她现在一天到晚就听戏看戏，一部《双玉鱼》都听了上百遍了，她耳朵又不好使，声音开得老大，半条街的人都听得见，都纷纷跑家里来看母亲的热闹了。

我以为是哥嫂有想法了，想要我把母亲接走，到县城里住。其实早在两年前，父亲去世后，我就跟哥哥商量着，要不把母亲接到县里来吧。哥哥知道母亲不会同意，因为之前她来我家住过一段时间，那时我女儿刚出生，叫她来帮忙，她不但没帮上，反倒添了不少乱，有一次坐电梯，按错楼层，被带到了顶层，等我和物业的保安找到时，已经是深夜了。只见母亲蹲在顶层那家还未装修的毛坯房里，也不叫也不喊，就呆呆地蹲在角落，眼眶都是红的，看样子哭了很久了。自那之后，我就知道她再也不愿来我这里了。我想让哥哥劝劝她，哥哥也劝了，确实劝不动。哥哥说，放心吧，就让她在村里，我能照顾。我知道哥嫂一家子挺忙的，不但要管理鸡寮，大清早还得去码头贩鱼回村里卖，有些时候是照顾不过来，不过也没办法了。妻子说，要不，你还是回去看看吧，返老还童是假，就怕老年痴呆，那就麻烦了。

趁着清明，我回了一趟老家，见母亲其实也没什么明显的异样，甚至比以前还白胖了一些，大概也是整天待在家里听戏的缘故。我们去给父亲上坟时，母亲还特意交代要带上锄头，说坟地都被杂草给覆盖了。去了一看，还真是的，都快找不着了。两年前，我们并没有为父亲修坟，政府也不允许，于是，父亲的骨灰就被装在陶瓮里，只是用土块垒起一个小坡。母亲肯定是事先来看过。上完坟，回去吃了晚饭，一家人坐下来喝茶时，母亲突然跟我说："老大呀，你既然回来了，我跟你说件事。"母亲的话音很严肃，她可从来没这么严肃过，像是有什么重大的事情要宣布。更让我们诧异的是，她竟然把我当作老大，看来确实有些不对劲了。我看见哥哥坐在对面朝我眨眼睛，我只好顺着母亲的意，也装出很正经的样子："妈，有什么事，你说。"

　　母亲说："这事我只能跟你说，因为和你弟无关，你弟那时还小。"

　　我说："妈，你说吧，什么事？"

　　母亲说："其实也算不上什么大事，就是要还人家一点儿功劳，仇恨可以放，功劳不能忘。这样吧，明天你去一趟南塘镇，记得带上一条香烟，去帮我答谢一位恩人。"

　　我说好，并问母亲要去镇上答谢谁。

　　母亲却一时愣住了，她摇摇头，似乎对刚才的一席话也表示出了怀疑。她突然把眼神盯住厅堂的厝角，并抬起手指了指："你还记得吧？老大，那儿以前放着你的针车……我现在呀，看戏看久了，有时一晃眼，还是能看见它就放在那儿，一点儿没变，上海的老品牌，就是耐用。"

哥哥看了我一眼。

母亲说的那台缝纫机，我也有印象，是上海产的飞人牌，黑漆发亮的机头、金黄色的铜皮标志，总是被擦得锃亮，不用时，母亲还会为它盖上一条白丝巾。缝纫机是哥哥的，别看哥哥现在又黑又粗，年轻时，他可是村里唯一的裁缝师，跟他的缝纫机一样体面。大概是1988年，我六七岁，哥哥也就十七八，不过当时一个十七八的小青年在我眼里已经是个大人了，虽然后来听母亲说哥哥刚开始去镇上学裁缝时，坐上缝纫机浑身抖得像筛糠。哥哥在我面前，却神气得很，稍有不听话，或者偷了他的粉笔（裁缝用的粉笔跟老师用的不一样，可精致了，一片片的，像是椭圆形的薄饼干），就拿他那把黄色的竹尺追着我打。那把尺子打人可真疼，力气大的话，足以在手臂或大腿上留下一道长宽条的印痕，久久不能消散。所以，哥哥当过几年小裁缝后，20世纪90年代初吧，他不顾母亲的反对，随人去了深圳在街边卖水果，这可把我高兴坏了，因为再也不用挨尺子了。后来，很长一段时间，那台飞人牌的缝纫机还一直放置在我家的厅堂厝角，没挪过位。多数时候，母亲会把它的机头倒置，时不时地，又把它拉起来，点点油，不让生了锈。母亲自己不会用缝纫机，但她得保管好，她一直觉得哥哥出门谋生不是长久之计，终有一天在深圳待不住了，回到村里，还能继续当个裁缝师，毕竟凭哥哥当时小胳膊小腿的，农活儿肯定是做不了的。不过，哥哥当真是个好裁缝，据说他车出来的衬衣和西裤比街市上卖的还好看，每到年末，总有不少年轻人慕名而来，要哥哥帮他们量身定制新衣裳。其中还有不少女孩子，她们个个红着脸，就坐在我家门楼，等着哥哥用软尺帮她们量出胸围、腰围和大腿的尺寸。

　　我记得我上高中那会儿，家里的缝纫机还在，只是只剩下机头了，机身已经朽掉了，机头也生了锈，被丢弃在门楼口，和那些废弃的农具放置在一起，牌子的字迹已经模糊不清，多数零件也残缺不全。再后来，连机头都不知去向了，大概是被某个小孩拎去废品站，和其他破铜烂铁一起，换了一袋腌制的油柑、杧果，或者一把多拉糖。而之后没多久，哥哥当真从深圳回来了，除了带回来一个四川女人，还有就是他卖剩下的一大麻袋花裤头和垫棉的文胸。

　　母亲看着我，手却指着厅堂的厝角："你就坐在那儿，踩着针车，嗒嗒嗒嗒的声音可真好听，我能看你一整天，听它一整天……"

　　家里似乎又响起了嗒嗒嗒嗒的久远的声响。

　　哥哥突然起身，拉了把椅子坐到了大厅的角落去，也就是当年放缝纫机的地方，邻近左边厝手屋的门口，边上墙角还挂着个地主爷的神像，就好像缝纫机还挨在边上放着，哥哥还是那个白净的小裁缝。他坐在缝纫机后面的矮凳上，从底下的小抽屉里拿出线圈，有黑的、白的、灰的、黄的，他得挑一圈最合适的，不能让线脚和布料产生色差，然后才把线圈套在机头顶端的支架上，再拉着线头七弯八拐绕过不少零件，最后才扯到针头处，准确而干练地穿过针孔，随手那么一抚，便又敏捷地折好布料的边角。双脚在底下的踏板上下晃动，双手捏好边角的布料往前推，针头一下一下像鸡啄米似的车过去，嗒嗒嗒嗒的声响匀称而密集，听着确实如母亲所言，是悦耳的、动听的……小裁缝的动作迅速而潇洒，难怪当年吸引过不少女孩子，她们也和母亲一样，远远地拉把椅子坐着，看着哥哥，就像是看着戏台上的小生在碎步走，戏台下的目光紧追不舍，一连跟出好几个村庄，直到戏班都走出了镇界。

如今，端坐在墙下的哥哥已经不是当年的白面小生了，养鸡的活计让他浑身散发着难以洗去的味道，秃顶，皮肤粗糙，黑，怎么看也不像是个小裁缝了，难怪母亲不愿意承认。母亲记忆里的哥哥不应该是这样子的，留存在她记忆深处的哥哥白净、柔软、灵敏、听话，每天早起都要刷牙，然后喝一碗母亲为他冲的鸡蛋糖水，因而他修长的手指捏着软尺挨近女孩量尺寸时，呼出来的口气都是清新的，是清晨的草地上沾满露水的味道，是蛋清混着甘蔗糖甜腻的味道……

我明白哥哥的意图，他那么做是想唤醒母亲正确的记忆。如今哥哥坐着的位置上，正好挂着父亲的遗像和灵位。我上下打量了一番，发现哥哥跟父亲长得还真像，或者说越来越像。父亲死后，母亲反倒常常当着我们的面念叨起他的不是，十宗罪都不止，因为轻信他人言帮人担保以致欠下一身莫名其妙的债务。这些在母亲看来还不是最致命的，最让她忍受不了的是父亲一辈子的寡趣。这个只想把身体扔在田园里的男人不喜欢上街，不喜欢看电影，不喜欢看戏，甚至不允许人家上街去看电影去看戏；而他所有的不喜欢恰恰都是母亲的最爱，以至于他们俩一辈子大大小小的争吵几乎都跟钱财无关，只跟娱乐有关。

"我怎么就嫁给他了呢？"母亲看着对面墙上的照片，父亲绷着个黑脸，像是生前那样，一肚子火，仿佛随时要跳下来和母亲再吵一架。父亲又是吵不过母亲的，母亲会拿戏文里的人物做对比，那些人物在父亲那里又是听都没听说过的，每次他都会被噎得哑口无言，悻悻地败下阵来。然后另寻一个人撒气，不敢找哥哥，就找我，我早溜了，最终他得把气全撒在家里那头老黄牛身上（那头后来走丢的老黄牛和父亲一样"命苦"），或者干脆把灶头一大锅粥一碗一碗地喝个精光，声称喝死算了。事实证明人是吃不死的，导致的结果是别人会饿肚子。

"老大，你是知道的，那时家里没什么钱，买针车的钱还是借的。一百二十五块，我记得很清楚，一台针车一百二十五块。我是回你外嬷家借的，你爸根本就不管事，他也管不了。"母亲把目光从墙上移下来，"你还记得吧，快过年时，人家来做衣服。衣服是做好了，钱却没给，都说先欠着，可我们还得买布买线哪，这些上街市都要现钱买的。"

"不过，话又说回来。"母亲突然抓住我的手，"要是隔壁大姨的衣服拿来做，你就先帮她做好，别提钱的事，让她家过了年再说，她的命可真苦。"

那都是三十多年前的事了，如今隔壁大姨守寡拉扯大的几个孩子都在外面当了老板，估计早忘了做一身衣服的钱都没有时的穷困日子了。母亲的语气不像是在回忆，倒像是时光开始倒流，她的身体虽然活在今天，精神世界怕是已经回到多年前去了。仿佛稍等片刻，隔壁大姨就会出现在我家门口，领着几个脏兮兮的孩子，要哥哥给他们量尺寸，做身新衣服过年。正如母亲所言，哥哥一个腊月的裁缝做下来，除了记在本子上的欠款数，收回来的钱有时还不够上街市买布料和线圈。那时，母亲每个月都得去一趟南塘镇，除了买日用品，主要是去帮哥哥采购裁缝的材料。母亲比谁都清楚没钱上街市是什么滋味，尽管如此，她还是狠不下心来，给求上门的人坏脸色和硬口气，有时哥哥稍有不悦，母亲还得朝他使眼色。哥哥自然听母亲的，再说上街市采购的也不是他。

　　三十多年前的南塘镇只是一条石板街，从街头的老车站径直走到街尾的中心小学，整个镇基本就算走了个遍。以一个孩童的视觉，那自然是一条很长的街道，跟在大人的屁股后面足足可以逛一天。实际上，真要刻意去丈量，那也不过二里路，如果不是街道中间拐了一个大幅度的弯，基本一眼就能从街头看到小学门口那几面褪了色的彩旗。那会儿我也就是个小屁孩儿，帮不上大人什么忙，自然不会每次都被领着上街市。接下来，我要讲的那一次，便是母亲在清明节这天跟我们兄弟俩讲起的。可能她以前也讲过，只是我们没在意，忘了。这一次，母亲之所以郑重其事地回忆起那次街市之行，目的当然是想让我知道，她为什么会突然让我以哥哥的名义去答谢一个陌生人的恩情。很遗憾，母亲那次南塘之行，我并没有陪同，是的，我不知情，不但是我、哥哥，连同我那去世了的父亲也一样，可能都不知情……所以，请允许我以上帝的视角来复述它的发生。

　　是的，母亲说，一个人如果口袋里没钱，那么走在南塘的石板街上，脚步都是飘的，不知道要去往哪里，要去干什么。那天，她却必须从街市上采购回布料和线圈，否则，哥哥和家里的缝纫机就得歇工。平时还好，在年前时节歇工，就不是一家人能不能吃上饭的问题，还关乎村里的人能不能如期穿上新衣服。母亲面临的压力不小，所以她回不了头，必须在南塘的街市上买到足够的布料和线圈。然而，怎么买呢？母亲上了街市也是胆小的嫌人，每次在茶叶店转悠半天，伸手抓一把茶叶往嘴里放，然后皱着眉头转身离开时，她都得心惊胆战一阵子，像是干了什么坏事——确实也是见不得人的事。布料和线圈毕竟不是茶叶，不是那么轻易就可以顺手牵羊的，也不是含在嘴里就可以嚼着回家再吐出来的。再说了，布料和线圈可比茶叶金贵多了，那些傲慢的布店掌柜自打你一进门就会盯着你不放。

我不知道那天母亲在石板街上来回走了几趟，至少也不下三趟吧！街上一共有几家布店她再清楚不过了，可没有一家是她所熟悉的，像她这种小主顾一般也不会被在意，尤其是乡下来的。每走一趟，母亲都会在石板街的拐角处小站一会儿，那儿有一棵巨大如盖的榕树，枝叶几乎遮蔽了整条不算多么宽敞的街道——那棵榕树现在还在，似乎也没比三十多年前的模样更茂盛一些，大概是我以儿童视角事先把它给虚夸了。母亲说，是的，她物色好的那家布店就在榕树的街对面，店门半掩着，看不见主人，却隐隐约约有熟悉的曲声传出。母亲应该站在树下犹豫了许久，她假装在树下歇息，拍打衣裤上的尘土，或者干些其他尽量不会引起别人注意的事情。可她越是不想别人注意她，过往的行人就越把她当异类看待，好在，那会儿的石板街也没有太多行人，甚至显得有些冷清。在寒气初到的冬天，每家店铺都半掩着门板，只露出几条木板的空间，用以告知路人，铺头并没有关张。那时的冬天可比现在要冷得多，冬至一到，有时早上都能看见草尖上结了一层冰霜。母亲穿得却比较单薄，那时她还年轻，三十八岁，根本就没把冬天放在眼里过。她时不时拿眼瞟对面的铺头，但愿这个同样喜欢听戏曲的店主不是那么难说话。

这么想时，她，我的母亲开始举步走过街对面，看似窄窄的距离，似乎也随着脚步的逼近而被故意抻长了。好不容易走到布店门口，母亲却停了下来，这时她已经能通过敞开的那一部分门板瞧见店里的情景。她对一个布店的摆设再熟悉不过，无非就是几面从地板直通屋顶的木架子，架子里塞满了各种颜色和质地的布匹，那些布匹像是裹尸布一样裹在一根质地光滑的木板上。客人看中哪一匹，店主就得过去把笨重的布匹从架子上抱下来，丢在一张阔大的台面上，布匹翻了几圈，散出一堆布料来，客人上前用手揉一揉，再埋头细看。店主则不耐烦地站在一边，拿着一把和哥哥一样的黄色竹尺，尺子被他们把玩得光滑油腻，像是刚从猪油锅里捞出来的样子。母亲如果口袋里有足够多的钱，她也会有勇气像其他顾客那样，指着架子上的布匹，使唤店主搬上搬下。嫌货才是买货人，话是这么说，心里其实也有一种颐指气使的快感。可是那天，她不可能有那样的勇气，能顺利地走到布店门口站住，就几乎用尽全力了。接下来，她要说什么呢？再往前走一步，她就可以从掩着的门板里看见店主了。卡带机里放出来的白字戏早就清晰地传送到了耳边，既熟悉又陌生。熟悉是因为所有戏曲都一个调调，哼两遍就都会唱了，陌生的是唱词，显然出自一部母亲还未听过的戏剧——母亲自诩是村里听过戏剧最多的嫲人，依然还有她没听过的剧，这让她心里尚存的一点儿自信心也开始土崩瓦解。如果那是一部她所熟悉的白字戏，她应该知道怎么来套这个近乎，现在她真的不知道该说些什么了。

何况，店主还是个年轻人，至少看起来比母亲年轻。

"二十八吧。"

母亲之所以猜店主二十八岁，大概是想和她当年三十八岁有个什么联系。不过，母亲三十八岁的样子看起来要比实际年龄年轻很多。倒也不是她在自夸，我见过她那时办的身份证，那张模糊的黑白照片完全盖不住一个少妇姣好的面容。母亲那时可是个美人儿，虽然颧骨有些高，他们说颧骨高的女人克夫，否则凭我父亲那么寡趣，又一身暗疾，怎么可能把生在大村落里的大房头的大小姐娶回小小的湖村呢？

年轻的店主就半躺在竹椅上，轻轻地打着拍子，这完全不符合他那个年纪应该干的事——他看起来白白净净的，是个比较斯文的男人，是的，只要跟裁缝和布线产生关系的男人基本是一个模样，比如我的哥哥。母亲当时肯定是这么想的，她在年轻的店主和她的儿子身上找到了共同点，这让她有些开心，仿佛终于找到了留下来的理由。事实上，如果说她已经被卡带机里熟悉而陌生的白字戏吸引了，其实也不为过，类似的事情在她身上又不是第一次。有一年，村里请来戏班，唱《狄青见姑》。母亲就跟着戏班跑了十几个村子，最后得知那个唱狄青的竟是一个大姑娘，母亲险些精神出了问题。你看，也难怪我的父亲会跟母亲吵了吧，都魔怔成那样了，不吵能行吗？

　　　　恩怨情仇在人间
　　　　玉鱼有缘再成双

一直到两张卡带正反四面全部唱完，母亲才意识到自己的腿已经站麻了，而她眼眶里也盈满了泪水——那个叫姜通的可真是个大好人哪，有情有义呀。母亲对有情有义的人总是备足泪水。

　　年轻店主这时才注意到母亲，可能他早就注意到了，只是到最后那会儿才回头看。在此之前，他们都没有说话，两个爱戏的人根本就不需要交流。

　　"请问同志，这出戏叫什么？"母亲怯生生地问道，她还带着年轻妇人在陌生人面前的矜持和羞涩。

　　"《双玉鱼》。"年轻人说，"姐也喜欢听戏，我看姐站在这儿听了一上午。"

　　母亲害羞地笑了笑，她的脸竟然唰的一下红了，也不知道是不是因为年轻人叫了她一声姐。不是大姐，是姐，姐和大姐还是不一样的。如果母亲真是因为听戏而久站在布店门口，她可一点儿都不会感觉害羞，甚至还自觉很光荣。问题是，她站在布店门口，目的并不是听戏，这才使她羞怯。然而那时候，她似乎也忘了从街对面的榕树下决心走过来时做好的心理准备，仿佛真是走过来听戏的，是被曼妙的唱腔给吸引过来的——她多想她的人生能如此纯粹，无须为生活的琐碎和口袋里缺钱而烦恼。

　　或者，母亲多么希望那出《双玉鱼》能无休无止地唱下去，那么，他们就可以继续无休无止地听下去，像是志同道合的革命友谊。遗憾的是，再长的戏也是要停的，再好的梦也是会醒的，既然醒了，母亲就得面对实实在在的现实问题——是的，她得赊回去布料和线圈，家里的缝纫机和哥哥还在等着呢，像是嗷嗷待哺的婴孩。

"同志，"母亲又说，"姜通可真是有情有义呀。"

年轻店主看着母亲，说："是哦，真是有情有义。"

除了有情有义，他们再也想不出更好的赞美的词汇了。

"同志，"母亲还说，"这么有情有义的人现在不多见了。"

年轻店主又看了母亲一眼，说："是哦，现在有情有义的人不多见了。"

"现今社会太需要有情有义的人了。"母亲嚼着茶叶末的嘴巴发出来的声音有些含糊，不过也可能是因为心里紧张。

年轻店主点点头："姐你说得很对，太需要了。"

母亲也点点头，终于说："如果——我把布和线先带走，过了年再来还钱，同志，你信得过我吗？"

年轻店主先是一愣，笑着说："我就知道，姐你不是光来听戏的。"

听年轻人这么说，母亲竟然有些伤心，不过她已经顾不上了，她松了一口气："同志，你看起来也是有情有义的人哪。"

"姐，我信你。"年轻店主起身，站在一排布匹面前，他的个子竟然有那么高，都快和木柜子一样高了，"说吧，你要什么布料。"

也就是在年轻店主为母亲裁剪布料的那会儿，母亲才发现了他的秘密。年轻人的右手掌竟然看不见手指，或者说，他的五根手指都半握着拳头，像是被胶水给永久地粘上了，抻不开，也握不牢。那是一个畸形的手掌——那么完美的一个人却偏偏长了一个畸形的手掌。母亲当时的心为之一震，她确实是为年轻人感到可惜，因为在她的印象里，一个守在布店里的年轻人应该十指伸出如姜芽，像五月节过后就"病相思"的王双福。然而，人生总是充满遗憾，美好的东西偏偏有残缺。因为那样一来，眼前这个年轻人不但不能上台唱戏，不能当个裁缝，甚至还有可能娶不到老婆。唉，母亲为此感到伤心，甚至好长一段时间，她一想起，心里就难受。

这真是一个有些悲伤的故事。

母亲最后跟我说，你去了南塘镇，如果实在不能确定，就看看他的右手。这当然是一个好法子，有了这个特征，虽然时隔多年，在小小的南塘镇就不怕找不到人，要是他还活着的话——他应该是活着的，就算母亲的猜测有出入，到现在也才六十多岁。

问题是，我是不是真要听从母亲的话，去感恩答谢母亲当年的偶遇呢？

事情说大也大，说小也小，在母亲看来，那确实是她难忘的一段回忆，真要说恩情吧，似乎也谈不上，就像哥哥当年帮邻居大姨家的忙，如今也不见他们有半点儿报恩的迹象；又或者，他们也和我一样的想法，面对老母亲的念念叨叨，心里多少也觉得是谈不上的吧。母亲如若不是因为重新听起了白字戏《双玉鱼》，她大概也是忘了的，曾经有那么一个初冬的上午，有一个像姜通一样"有情有义"的年轻店主愿意把价值几十块钱的布料和线圈赊给一个完全陌生的乡下女人。

母亲年轻时能从南塘镇的布店赊回布料和线圈，这事让她面上增光不少，只要有机会，总想对人说起。母亲骄傲的目的也很单纯，在她看来，她之所以能从镇上赊回货物，除了能说会道，关键还是形象好。店主先是被母亲的话说动了，再就是相信母亲的形象，那么端庄的女人，不可能是专门上街市行骗的小人。人是有相貌的，相貌要是好，人品也就差不到哪儿去。也就是说，他们都相信像姜通那样有情有义的人，肯定也长了一副有情有义的相貌，绝不可能是贼眉鼠眼的啊。潜意识里，母亲还是把功劳归于自己，像现在突然想起人家的恩情来，大概是人的精神回溯，本身就是反省的过程。当然，也可能是我想多了。

到头来，母亲峥嵘岁月一辈子，唯一能记得的却是那个石板街上站立的上午。仿佛那个上午就是她一生的缩影，戏曲的唱腔美妙而真实，内心的惶恐和迟疑同样如影相随。母亲这一辈子就是这么矛盾着、纠结着过来的，包括她的爱情与婚姻。

清明过后，返城路上，我顺道去了南塘镇，香烟也备好了，就放在车里。

那家店铺还开在石板老街上，还在拐弯处的大榕树对面，只是不再卖布匹和线圈了，现在人们也不需要扯布做衣裳了。不知从什么时候开始，布店已经改成了寿衣店，冷冷清清的，也阴阴森森的，半天不见有一个人进去过。

我把车停在榕树下，和母亲当年一样，心情忐忑而犹疑地观察着街对面的动静。不一样的是，当我意识到我所关注的竟是一家寿衣店时，心里又不免感到晦气和荒诞。作为布店时，它习惯半掩着门板，改卖寿衣了却大敞着门，门楣上带闪灯效果的招牌大白天也开着，只是黑色牌匾上"寿衣"两个字着实让人发怵。

店里的情景倒是不用走近也可以看得清楚，大致的格局还是几十年前遗留下来的老样子，从斑驳的外墙和依靠在内壁的残旧过时的柜子和玻璃长台上看，几乎没动过任何手脚就直接把一间布店改了性质，同样是给人做衣裳，寓意可大不相同。之前那些高高的柜体上的格子里塞的都是成捆的布匹，如今同样塞满了布料，只是那些制作寿衣的布料带有明晃晃的亮面，也故意被渲染得色彩鲜艳，甚至款式也十分新颖，看着却像是纸糊的玩意儿，挂在柜体上。远远看着，便如同挂着一个僵硬的尸体，整个空间不用走进去体验，也能感受到一种腐朽的氛围。

除此之外，那个狭小空间里似乎再也不见任何多余的东西。

店主确实是一个六十多岁的老人，看起来清瘦，高个儿，头发已经花白。看样子已经没必要再去注意他的右手掌了。还是老习惯，他多数时间躺在那张古旧的竹椅上，竹椅经过不少年月的摩挲，已经变得油黑。老人时不时站起来走几步，或站到门口，朝街面上张望，看看过路的行人，然后又躺回竹椅，嘴里不知哼着什么曲子。那个畸形的手掌直接竖在胸前，轻打着拍子——奇怪的是，畸形的手掌一旦安在了老人的身体上，就感觉不出它有任何违和之处，仿佛就应该是那样子，蜷曲而苍老。没过一会儿，老人竟然睡着了，头歪向一边，口水顺着清瘦凹陷的脸颊淌下来，一滴一滴地落在灰色的地板上，湿了一大块。

散文奖

Sanwen Jiang

颁奖词

　　《燃爆记》以独特的视角书写亲情，在日常生活的细流与社会变革的洪流交融碰撞中，讲述中国式母子矛盾。塑造破格、非模范的中国母亲形象，不够普遍却足够典型，不够完美却足够坚韧，貌似字字控诉，实则纸短情长。母亲送行儿子执意点燃鞭炮是舐犊情深的集中外放，燃爆了爱与痛的困局，也引发了血脉亲情的最大共鸣。

燃爆记

江　子

1

　　她总是一副满腹怨气的样子。她这一辈子，好像很少有满意的时候。比如说，她对婚姻不满意，理由是，她嫁的人家，成分太高，是地主，她是贫农的女儿，走起路来从来昂首挺胸，可一嫁进门，她就被迫跟着全家人低下了头。她的夫家，兄弟姐妹妯娌什么的多得很。人多，矛盾就多，眼高手低的地方就多，她因此受的气，用箩用筐装不完。又穷，成分虽是地主，可穷得叮当响。他们新婚后不久按公婆的意思单过，她的婆家，除了一个灶和几个碗几双筷子，一个只有三四十平方米的房间，就什么也没有。她的丈夫也就是我的父亲，是个懦弱的、三棍子打不出一个屁的男人，受人欺负是经常的事，她当然要跟着受委屈。比如说，生产队时，村里分的粮食经常不够吃，以致青黄不接，她要想方设法弄吃的，有时在米饭里搭番薯，有时在饭里搭叶子菜；后来分田到户，能多打粮食了，可因为孩子们尚小，姐姐十一二岁，我呢只有八九岁，弟妹更小，家里劳动力缺乏，父亲又因做箕常不在家，家中主要靠她操劳，她成天劳作，难得有歇息的时候。比如父亲干活儿太慢，老出不来活儿，而她力气又太小，干啥事都很吃力。每逢收割，她与父亲扛着打谷机，父亲扛着最承重的那头，她扛着轻的那头，依然觉得不堪承受，常常腿脚一软摔在了田埂上。比如她的孩子们，要么愚笨，要么顽劣，一个都不让她省心。

她总是寡着一张脸，皱着眉，嘴巴嘟起老高，要么长时间沉默不语，要么骂骂咧咧或嘟嘟囔囔。这使得她的脸看起来好苦。在她还算年轻的时候（三十来岁的时候），她给我的印象，就是特别老相，有很深的法令纹和嘴角纹。她的眼神看起来好凶，很少有柔和的时候。她的身体总是不平衡的样子，趔趄的、跌跌撞撞的样子。

她总是怨自己命不好。但平心而论，她不是村里最歹命的女人。我家隔壁铁匠细五家，也就是我小学同学、身体瘦削外号叫"鸡骨头"的和平的家，境况比我家好不到哪里去，子女跟我家一样多，房子不一定比我家大，和平的妈，怎么就能整天没心没肺，走到哪儿都能欢声笑语？她怎么就像所有人都欠了她似的，总是让人感觉阴影深重？她嫁的人，除了性格懦弱些，没多大的毛病，比跟他儿子和平一样瘦得全是骨头的邻居铁匠细五好看多了。父亲身高一米七六，眉清目秀，轮廓分明，算得上是相貌堂堂，而且性格好，从没见他发过火，可以任由她欺负，而不像隔壁铁匠细五，脾气暴躁，动不动就打老婆。而她才一米五出头，脸黑，相苦，脚还内八。父亲是个篾匠师傅，活儿好，带不少徒弟那种。她呢，其实一点儿也不能干，做的饭从来就没有好吃过，纳个鞋垫都没个样子。她凭什么整天寡着个脸？

可她从不这么想。她总认为她的生活全都不对。她是在深渊里，在看不到尽头的甬道上。她因此很容易生气，动不动就暴跳如雷。做晚饭时，一摸原本搁放火柴盒的灶角，要是火柴盒不见了，她的火气就会上来，就会无来由地骂人，最终把火力集中在我身上，污蔑是我偷了，我百般辩解她完全不听。天变冷了，或者下雨在外淋湿了身，她要找出衣服加上或换了，她一下子没找到，就开始嘟嘟囔囔。再过一会儿，就会骂骂咧咧，父亲沉默，我们一个个不敢出声，整个家就会极度压抑，像是一个火药桶。有一年端午，我不记得是要蒸个什么东西，她安排了我烧火。她看火候未到，又提着桶子舀了猪食去喂猪。可能喂猪的时间有点儿长，等她回来，发现锅里的东西蒸老了。她不怪自己喂猪太久，倒怪我当止没止，火候没控制（我一孩子哪里知道），嘴上就开始烈火烹油，用尽了赣江以西家乡最狠毒的话语。我忍着，想不跟她一般见识，结果她越骂越来劲，抄起菜铲刀，将菜铲刀的木头把把，重重地砸在了我的头上。

她是我的母亲，1946年生，是离我家三里路的积富村人。1965年，她嫁给了我的父亲，从此成了我们一家的女主人。

2

　　她不仅怨气重，还格外吝啬。我没有见过比她更小气的人。她这一辈子，把钱看得太重，好像钱才是她的命根子，我们却不是。我们一家，经济来源主要靠种地、父亲偶尔出去做篾挣点儿工钱，还有她养猪。我们村地少，每人八分地，一家人五六亩，打不了多少粮食，卖不了多少钱。父亲做篾，挣到的工钱也不多。她每年养猪，顶多出栏两头，也收益甚少。进账不多，要安排一家人的开销，就得靠节省，这个道理谁都懂。可她的节省，完全到了不可理喻的地步。举个例子，从小到大，我们一家人，没有谁过过生日，我们兄弟姐妹四人，过年从没有得过哪怕一毛钱的压岁钱。因为在她的观念里，这些都不是必需，没有必要白浪费钱。

　　她还不让姐姐读书。姐姐读了一年级就辍了学。这表面上是父亲的决定，但我们知道，当家的是她，没有她的点头，父亲的话顶个屁用。姐姐不读书，就可以省了钱，还可以帮她做事情，看看她的算盘打得有多精。虽然那时候，学费低得很，小学一年级只要一块五，可如果一直读，还不得花一大笔费用，她的观念，女孩家的，早晚是别人家的人，浪费这钱做啥。然后是妹妹，读到三年级也辍了学。他们甚至想让弟弟也不读了，跟着父亲去做篾。因为家里刚刚盖了新房，欠了亲友们好大一笔钱，让他们觉得负担太重。那时候我刚参加工作，听到他们的打算，立马把弟弟带在身边读书，并且承担了他所有的费用，最后他读到了高中毕业。

她有没有让我也辍学的念头，我不能确定。但有一件事我是记得的，我小学升初中，到了开学的日子，要去十几里外的乡中学报名，学费是六元五角。我向她要，她没理我，去田里做事。我追到田里，一直不依不饶向她讨。她的表情很不好看，拉长着脸，嘴巴嘟起老高，偶尔望着我的眼神充满恼怒和怨恨。同村相邀一起去报名的小伙伴们在远处喊，说再不动身他们就要走了。我求着他们再等等，然后继续死皮赖脸地缠着她。我猜她是希望我知难而退，她就可以省下这六元五角。这对她来说，是一笔巨款，她心头上很大的一块肉。可是我不依不饶的态度让她也没办法。她终是狠不下心，停下了手里的活儿，从裤袋里掏出一个精心折叠的原本装洗衣粉的塑料袋，从中找出钱递到我手上，一句话也没有说，脸上是被剜了肉的疼。拿到钱，我顿时飞奔，加入一起去报名的队伍中。

一方面是吝啬，另一方面遇到不得不花的钱，她就希望回报最大化，甚至希望有超值的收获。村里的屠户最怕看到她。她到屠案上买肉（那多半是年节、农忙或来了客人），肉要部位好，上面不能有一点儿骨头，秤要翘得高高的。屠户说哪有肉不长骨头的，她说她可不管，她买的是肉，骨头不能吃，就不能算肉。付钱的时候，她都以种种理由，少付一毛两毛。有时她忙不过来，派父亲去买肉，提回来的肉部位不对，又好大一块骨头，还搭了杂七杂八，她会先把父亲骂一顿，然后提着肉到屠案退换，指着这里那里，挑肥拣瘦，直到她满意为止。

她的吝啬不仅对我们，还对自己。她几乎从不添置衣服，记忆中她身上的毛衣，花花绿绿，是几件坏了的毛衣拆了凑着织起来的，丑得很，可她毫不在意。家里来了客人，有限的荤菜的碗，她几乎从不下筷。她身体不舒服，比如消化不好胀肚子，比如牙疼，比如感冒发烧，也从不去医院，都是自己熬过去。我们劝她看医生，她说不要紧，自己的病自己知道。其实她根本不知道，只是舍不得看病的钱财。亏了她运气不错，每次都能熬过去，没有越病越重。家里的剩菜剩饭她都舍不得倒掉，第二顿接着吃。在桌上，我们看她只吃剩菜或蔬菜，就会给她夹新鲜的荤菜。她会配合，伸出碗，但才夹两下她就会把碗缩回去。

她不仅自己舍不得花钱，还干涉我们的花销。过年时给家里的老人拜年，或者探视生病的亲友长辈，她会告诫我们这个东西不要买，那个费用可减半。我们当然不会听她的。我们早已不是孩子，要屈从于她。她也知道我们不会听她的，但就是忍不住要说。

3

很早的时候我会认为她没有热度。我很少见到她与谁特别要好。她几乎没有朋友，没有说得来的人。也没见她对谁特别好，无论父亲、我们，还是我们的祖父、祖母、叔叔婶婶，甚至她的父母兄弟。她总是冷冷的。我怀疑她对这世界并无爱意。我们于她只是她前辈子欠下的债务。她生下我们，只是被动地、认命地接受母亲这一角色，勉为其难地完成养育之职。从小到大，她几乎没有对我温存慈蔼过——除了生病了，她会伸手摸摸我的额头试试体温。我小时候的记忆中，她从来是沉默的、怨恨的、寡着脸的，或者是骂骂咧咧的。她几乎没有和颜悦色地对我说过话，或者用无限温柔的眼光注视过我。她更不会告诉我们说她爱我们，我们是她的命，不会说万一我们有什么三长两短她肯定不活了。我犯了事，比如偷了家里的钱，跟别人打了架家长带着孩子告上门，她打我，下起手来真狠，棍子鞭子凳子，手里有什么就使什么。我的身上经常是青一块紫一块。我畏惧惩罚不回家，偷偷躲到村里人的猪圈里睡觉，第二天从猪圈里赶去学校上学，她也从来不会找我，巷子里，从来不会响起她焦急的唤我的声音。她不疼我们倒也罢了，还经常恐吓我们，说日子万一过不下去了，她就喝两口农药一了百了。这恐吓极其管用，我们经常听到农村女人喝农药自杀的消息。每次她生气，我们就大气不出，战战兢兢，然后盯着她的一举一动，生怕她打开一瓶农药咕噜咕噜喝下去。她要拿到农药一点儿不难，我们家床底下，墙角边，到处都是农药瓶子。

我们甚至觉得她对她喂的猪都比对我们要好。有一年栏里的猪生了病，不吃不喝，哼哼的声音听起来难受。她请来兽医，治了好几天都不见好。每次她提过来多少猪食，又提回去倒掉多少。她的脸一天比一天暗下去，眉头一日紧似一日。到后来，她干脆搬来一个凳子，对着那头病猪说话，完全是哀求的语气，求它早点儿好起来，好好吃东西，好好长膘。到最后，她竟然哭了起来，边哭边说，说她多么不容易，哭猪养了这么久，哭家里的开销大全指望着它卖钱……她哭了整整一个上午！她对猪的好让我们妒忌，猪好起来后，我们趁她不在，偷偷到猪栏边，用鞭子把猪狠狠揍了一顿。

然而有件事让我动摇了她对我们全无温情的判断。那是20世纪80年代末，我的远房堂姑在上海生了娃，想从老家找一个人去帮忙看护孩子，理由是老家人知根知底来路正，安全可靠。那时候妹妹十四岁，为人乖巧，做事麻利，族里的人觉得是个不错的人选。她也觉得没有问题，堂姑是自己家人，肯定亏待不了妹妹，妹妹可以挣一份工钱，还可以见世面长见识。等妹妹跟着护送的族人去了上海没几天，我们发现她神态不对了。她开始落泪，做饭的时候落，吃饭的时候也落，在桌上用饭团一层层粘布做鞋底时也落。泪落在锅里、碗里和鞋底面上。我们知道她是担心和想念妹妹了。那时是大冬天，天冷，人很容易受寒，而且一个人到一个完全陌生的地方，怎么习惯？妹妹才十四岁。以前她没有预料到这些，没有预料到分离会让她的心这么痛。这是我们猜想的，至于她真正的心理是什么，她也从来没有说起。她只是不停地落泪，一句话也不说。每当有人来家，她马上就把眼泪擦了，装作什么事也没有的样子。事儿是她应下的，她当然不能让人发现她的难受。可只要来人一离开，她的眼泪就又止不住流了下来。

半个月后，妹妹回到了家里。堂姑见到妹妹，还是觉得妹妹太小，也没有带孩子的经验，就让人送了回来。她看到"完好无损"的妹妹，那张苦脸竟然绽放出了难得的笑意，好像一块贫瘠的田地里，开放出了绚烂的花朵。可这样的时候没有多久，她就又恢复了满脸怨气深重的表情。

4

摊上这样的母亲、这样的家庭，我很小就懂事得很。毫不讳言，我是个特别早熟的人。很小我就知道，这个无力的家给不了我任何的保障。它如同深渊。很小的时候，我就想着如何逃离它。小学五年级，我十岁，要去五里外的村庄寄宿上学。很多比我大的小伙伴告诉我，去那里读书会特别想家，会想得哭。及我上学，甚至长大，我却从来不知道想家是何滋味。很小我就知道，要逃离这个家最好的出路是读书。我拼命读书，结果我成功了，我考上了师范，成了一名教师。后来又因为写作，去了县机关，又调到市里，然后调入省城工作。

我娶了妻，妻性格温和，面带微笑，完全是她的反面。从小我就发誓，要找一个与她完全不一样的女人做妻子。我生了娃，并且发誓要保护好她，永远不让她受我小时候受过的种种委屈。

我逃出了这个深渊一般的家，并且过上了自己想要的生活。然后我想着反哺他们。他们太苦了，我希望凭我的力气，能让他们有所改变。我帮他们养儿子（带弟弟读书），他们建房，我想办法帮他们还债。我一辈子反抗她，可最终还是无可奈何地遗传了她的缺点：内八字脚，节俭成性。我舍不得花钱，更舍不得为自己花钱。自己出门，舍不得住高档酒店。平日出行，能坐公交地铁就不打车。我承认我有轻微的自虐症。

她与父亲越来越老了。村庄荒凉，留守的人越来越少。他们的身体也越来越不好。为了让他们有个好一点儿的晚年，我提出在县城买一套五六十平方米的房子给他们住。这样花钱少，姐姐和妹妹都住在县城，也方便照顾他们。可她说，五六十平方米的房子，那么小，不要。过年你们回家，怎么住？住酒店，不好，没有气氛。要买就买大房子，过年我和弟弟两家人回来都住在房子里，多热闹。没办法，我调整计划，其他地方挤挤，拿出更多钱，与弟弟一起买了一套一百多平方米的二手房。房子在中心区，离姐姐妹妹家都近，离医院也近，又在二楼，方便腿脚不好的她进出。房子有三个房间，我和弟弟各一间，她与父亲一间。依她所愿，过年回来，我们都住在了一起。

可即使这样，我依然不能让她满意。她依然怨气深重，认为我对家人亲友们不够尽心。当有人告诉她我的职务跟县长一样大时，她竟然认为我权力不小，当面指责我没有荫庇好弟弟一家，没有为弟弟招揽生意，让弟弟过上更好的生活。她认为弟弟在广东打工，办厂，折腾多年依然没有挣到钱，罪魁祸首是我。她甚至说，村里很多人都因此笑话她。我让她在村里脸面全无。

5

　　我早已学会无视她的怨恨，经常心平气和地从省城赶回县城那个二手房的家中，为她与父亲处理生活中的种种。我给他们买常用药，做饭。烧水壶有锈斑我给买新的，水龙头坏了我给换水龙头，卫生间漏水我请师傅修理，下水道堵了我叫师傅疏通，地板脏了我给拖地……我不时地催促在县城的姐姐和妹妹给他们清理冰箱，及时处理变质的食物。隔三岔五去看看他们，陪他们说说话。我希望这两个可怜的长期在底层挣扎的人，晚年能多一点儿幸福。

　　可我与他们究竟不是同类人。他们对我的了解微乎其微。他们不知道我的爱好，我的饮食口味，我喜欢穿的衣服的品牌。他们不知道我的身体状况，哪些指标不正常，哪些器官有了隐疾，有过哪些病史。他们不知道我的工作情况，我每天干些什么，跟什么样的人打交道，我都有哪些本领，哪些又是我的弱项。他们不知道我的价值观，我对这世界的许多事情的观点和态度。他们大约知道我是个作家，是个靠写点儿文章维持脸面的人，但我写下的文章，他们一篇都没读过，虽然他们都有高小文化水平，足够看懂电视剧的对白。我出了哪些书，读者对我的那些文章和作品集都有怎样的反应，他们根本毫不知情，也毫无兴趣了解。我和他们坐在沙发上，除了聊一些生活琐事，家长里短，就无话可说。电视屏幕上播放着电视剧，我陪他们看着，长时间不发一言，仿佛大海中几块彼此不相关的礁石。

他们的生活习惯越来越让我无法忍受：崭新的沙发，他们铺上旧的颜色不同的床单，说是防脏；重新粉刷过的好好的墙上，他们给打上了几个钉子，钉子上挂着帽子、公交免费卡等物件，或者是不晓得装了什么宝贝东西的塑料袋；垃圾桶里盛装垃圾的袋子经常不换，只倒换里面的垃圾，垃圾袋因此经常散发出一种难闻的气味；有个角落是搁放破烂儿的，说是积到一定量就拿去卖钱；厨房里到处是油腻腻的，原因是炒完菜就立马关了油烟机，说是要节省电费；洗脸洗脚的水舍不得倒掉，倒进卫生间的一个蓄水桶里，说是要用来冲厕所（卫生间也因此弥漫着一种难以言传的气味）；不爱洗澡，常常好多天才洗一次……整座房子里，色彩驳杂，五味杂陈，令人欲言又止。他们两个老人，衣衫褴褛地出入其中（妻子、弟媳、姐姐和妹妹给他们买的新衣服他们都压在箱底，舍不得穿）。这样的人家，如果与我不太相干，我去了一次就不会再去第二次。

可他们是我的父母。他们逐渐老去。我不得不一次次往家里跑，从省城到县城，两百公里路程，开车两个多小时。最近通了高铁就更快了，火车上只要一小时。以前我大约一个月回一次家，然后加上春节、清明、五一、国庆等相关节假日。而最近我回去得越发勤了，原因是父亲的颈椎病复发了。

父亲患上颈椎病简直是必然的：他是篾匠，又是农民，性格又懦弱，低头是他的常态。六十岁时，他的颈椎病开始发作，眩晕，呕吐，全身大汗，肌肉僵直，面色惨白。那时他们还在村里生活，她慌忙请村里的野德医生来治疗。野德医生给他挂了几天扩充血管的点滴症状才消失。我从省城回家，带着父亲到县城医院拍片，又带着片子去省城找骨科专家。骨科专家说，父亲的病有两种治疗方案：一种是手术，但如手术失败可能终身致残瘫痪在床；另一种是保守治疗，就是采取输液等方法，但以后病情会逐渐严重。我们经过商量，最终选择了不开刀，不冒风险。

从此父亲的颈椎病经常复发。有时两年发作一次，有时一年发作两三次。我们已经摸出了规律，每次都找已经对他的病熟悉的野德医生给他治疗。每次输液或三五天，或七八天，父亲就会慢慢缓过劲来。

而每一次发作，她当然是陪护左右的。随着年长，他们已经变成了一个整体。他的病当然也是她的病。她对这一疾病早已熟悉，一看父亲的神态就知晓是否发作前兆。她就会把枕头放平让父亲到床上躺好，准备好塑料盆供父亲呕吐，用毛巾给他擦脸上沁出来的汗，给野德医生打电话，请他过来输液。守在父亲身边，看点滴快慢和进度。侍候病人是个系统工程，包括营养、护理、情绪管理等。她很难说是无微不至，但大致可以说差强人意。

然而这一次与以往不同。开始我们没有当一回事，以为不过是很多次发作中的一次而已，按照老步骤给他治疗。可断断续续地，入冬以来发病已经三个月了，父亲的病一点儿也不见好。检查什么的也做了，除了老毛病没新毛病。我们指望着老办法会慢慢起作用，认为这次需要的时间不过要长一点儿而已，可是一直没有改善的迹象。他依然眩晕，呕吐，吃不下东西，身体在不经意间消瘦了下去，脸上的皮肤松弛了下来，看起来毫无光泽，走起路来有了些晃荡的意思。我以前给他买的金属拐杖他终是用上了。他偶尔强撑着从房间走到客厅，脚明显打着抖。坐在沙发上，他眯着眼，皱着眉，龇着牙，跟他说啥他都不回应，感觉说一句话都嫌累。而母亲的脸，一直阴着，像是谁向她借了钱不还似的。

6

我给我的发小李乐打电话。他是县人民医院的医生。我问他怎么办，要不要去省城。他说老年人的病嘛，常见，但难治。去大医院也没用，治法都一样，老人家这种身体，经不起路上折腾，护理没有小地方方便。可以考虑西医，通过输液用药，改善他的颈椎环境，提高颈动脉的供血能力。他说他不是骨科大夫。他要我找他的同事、内科主任李昌东。他说李昌东对这类病人见得多，有经验，你去找他，就说是我发小。

我带着父亲找到了李昌东。李医生热情，说李乐交代过了。他安慰着我们，说会好的，会好的。然后是拍片，验血。没有其他方面的问题，还是颈椎反弓退行性变，伴随颈椎间盘突出，颈动脉受压迫，天冷，血管收缩，脑部供血就更不足，就头晕呕吐。李医生说，我开药，打十天点滴，一定会改善。

我交代了姐姐和妹妹排班送父亲去打点滴，然后返回了省城。

十天之后，父亲的颈椎病没有改善。父亲还是眼睛半开不开，饭吃不下，我为改善他的饮食结构买的小米、薏苡仁、黑米，经过她烧熬看起来很不错，可大都留在电饭煲里。原来上午时还会强撑着到客厅待会儿，现在根本不出来，一天到晚在房间床上躺着，每到下午，头就更晕，就吐。他吃得少，吐出来的东西就都是液体。他吐的时候，身体折转过来向着床边，喉咙里发出痛苦的声音，枯白的头发，宛如冬日寒风中的衰草。

周末，我又从省城赶回县城的家中。这段时间，她对我越来越不好。以前回家，我敲门，她开，会说一声"回来了"。现在，她一言不发，脸上毫无表情，立马转身去陪父亲。好像父亲的病，是我害的，我不是她的儿子，而是她一家的罪人。

　　她不仅对我不好，还对生病的父亲不好。她一再地逼父亲吃饭，毫不掩饰她的坏脾气。她说你把饭吃下去，就会有抗病的力气。你这个不吃，那个不吃，你想折磨谁！

　　我看了父亲，然后坐在沙发上，想着接下来怎么办。可我听到他们的房间里传出了她恶狠狠的声音。她说怎么一点儿不上心。交的什么乱七八糟朋友，找不到能治好病的医生。她说自己前辈子造了啥孽，摊上了这样的一个老公，也没生下一个靠得住的儿女。他这辈子受尽了苦，年轻时受人欺，年纪大了又老生病，她跟着受委屈不算，还要一天到晚侍候人；侍候人人家认也就罢了，可三个多月没见好，什么人！

　　我沉默。我让她撒气。我想她骂一骂就会好。可这次她明显不想停下来。她进进出出，嘴里越骂越欢，身体的动作越来越大。她踢倒了客厅的凳子，摔掉了沙发前茶几上的一个空了的铁皮罐子——它们在家里发出剧烈的声响。她根本不打算控制自己。她警告说，这个老头儿如果有什么三长两短，谁都没有好下场。

　　她又来老一套了，说一点儿意思都没有，她早就不想活了。她随时准备买一点儿农药，咕噜咕噜喝下去。她怎么还不死，早死早埋，省得在这世上遭罪。她没过一天好日子！

　　我板着脸，不说话。我想气撒了这么久，她总该要歇下来。可是她依然不肯停嘴。她骂得更难听了，就像我小时候犯了错那样，用了赣江以西最狠毒的话语。我顿时忍不住了。

我愤怒地望着她。我说你住嘴！我的声音大得很，吓了我一跳。我继续说，你怎么仗着你是长辈，就什么话都说得出口？这么多年，你怎么就一点儿长进也没有？我不是医生，我怎么知道该怎么治。总要让人慢慢想办法。你不要把什么事都推在我身上。你有本事，你来给这个老头儿治一治！

这是我这辈子对她唯一的一次咆哮。与她完全不一样，我是一个温和的人。我很少生气。她让我知道，生气解决不了任何问题，反而会把事情搞得一团糟。她愣住了。她从没见我发这么大的火。她终于停止了叫骂，默默转到厨房里给父亲准备吃的。

7

问题总归要解决的。我想让父亲试试中医。我给县中医院的医生朋友王浩打电话。王浩说，他们院的康复科肖衍虎主任的针灸技术很高，很多老年人有腰腿疼痛、经络不通的问题经他治疗都有缓解。你愿意一试，我就先跟他打个招呼，然后你就带你父亲去找他。

联系好了肖主任，我给父亲戴了帽子，系了围巾，裹上了厚厚的羽绒服，然后背着他下了楼，让他坐在轮椅上。从家到中医院只有两百米左右，可是父亲即使撑着拐杖也已经走不动了。他已经瘦得不成样子。我推着轮椅，在寒冷的街道走着，内心是恓惶的：如果父亲得不到有效治疗，他可能撑不过这个冬天。

通过查看病灶影像和血检报告，肖主任为父亲制订了针灸、按摩加中药调理脾胃和祛风寒的综合治疗方案。我给父亲一层层脱了衣服，以方便肖主任扎针。肖主任给他的身体扎下了长长的密密麻麻的银针，头顶、颈部、肩部、腹部，甚至腿部。那些银针在父亲身体上显得横竖不一毫无章法，一盏红外线理疗灯照着他的脖子，也就是病灶部位。我心里嘀咕：这些细如发丝跌跌撞撞的银针，能帮父亲打赢这场看似平常其实惨烈的战争吗？

我通过微信联系姐姐和妹妹，重新对送父亲去医院治疗进行了分工。我交代她们，要注意保暖，关注父亲的疗效，要不断地鼓励他吃东西，变着法子弄不同的食物激发父亲的食欲，要他不要怕吐，吃下去总会有吸收，就会长力气。我跟父亲说，不要怕，要有信心。这是我们要共同面对的一道难关。检查结果并不坏，您其他器官、身体其他指标都没有问题。要鼓起劲来，我们一起扛过去！

祖国传统医学真是博大精深，一段时间后，这看似毫无章法的针灸加祛风寒调脾胃的中药调理的治疗渐渐有了效果。父亲的症状在缓慢减轻。他的眩晕没那么厉害了，呕吐的频率越来越低。他慢慢能吃下一点儿东西。我前一阵子买的小米、薏苡仁、黑米已经告罄，我到超市又给他买了些。

他的脸慢慢有了些血色，眼睛也能睁开一些了。虽然依然不能到客厅的沙发上坐下，但在床上，他坐起的时间要多一些了。他依然不愿意说话，但他的饭量在增加。除了粥，他每顿能吃下半碗米饭了。

她的脸上愁云也在变少。过去，她的脸堆满了积雨云，甚至隐藏着雷电，现在，虽然依然不见太阳（太阳在她的脸上，从来就是稀有之物），但云层没这么厚了。每次回家敲门，她打开，见到我，表情虽是淡淡的，但已经不像是面对罪人的神色了。她有时会跟我打声招呼，说"回来了"。我嘴里含糊应着。我不想理她。

她跟父亲说话的声音柔和了许多。每次吃饭，都由她做好盛进碗里，再端进房间里喂给父亲吃。每次，她都像哄着小孩一样，要他慢慢吃，问烫不烫，干了还是稀了，菜是否可口，蔬菜要不要多夹些来，可不可以再吃两口。她边喂他，边鼓励说，吃了才有力气，有病也不怕的。这样的话，因反复说，早已让听的人觉得不新鲜，可她不管，每次喂食，都要来一遍。

说话间，年就到了。弟弟弟媳从广东回来，我带着家人从省城回县城。一家子又齐全了。我们都带回去了不少年货：除夕团圆饭和招待客人喝的酒，孩子吃的零食，大量的包装得夸张和彩艳的年货。它们堆满了家里的角角落落，让整个家显得拥挤不堪，也使得这个充满了老年体味的家，有了难得的春节喜气。我们一起买菜，做饭，以若无其事的口气说话，尽量让整个家显得与平常无异。

可是我们心里都清楚，这一次过年，与往年有了很大的不同。因为父亲病了。以前他在客厅来来去去，虽然背有些驼，但他行动利索，声音大，脸上总是带着与年龄远不相称的孩童一样的笑，让人安心。可现在，他瘦得很，脸色很差，没有精气神，也不愿说话。原来戴着合适的棉帽，现在就嫌大了，老从头顶滑下来，盖住他的眉眼。

除夕团圆饭，父亲没有上桌。这是我记事以来父亲第一次缺席年夜饭。母亲因为喂他，好久才上桌匆匆扒了几口饭。我和弟弟心照不宣地喝酒，向大大小小家人说着祝词。我们一起敬母亲，感谢她在父亲病时对父亲的照料，祝福她和父亲福如东海寿比南山。她潦草应着，举着装着饭的碗，笨拙地回着祝福之语。

这一年的不同，还在于举国禁燃禁放。可能是出于环境保护的考虑，要求春节期间不能燃放爆竹。县里通过政府微信公众号、手机短信等平台，向所有人发出了禁燃禁放的公告，通告说组织了警察、司法、城管等部门组成的检查队伍日夜巡逻，对有违抗者进行惩罚。因为禁放，整个除夕显得冷冷清清。我和弟弟喝酒，掩饰着内心因父母老迈带来的寒凉。远处，有零星的爆竹声传来。总会有顽固的人，遵循古老的秩序，无视崭新的规则。我们担心着他，不知他是否会被逮住，是否做好了受罚的准备。

8

我的春节假期用完了。吃过早饭，我收拾好行李，与父亲告别。我跟父亲说，要听医生的话，继续做针灸治疗，按时吃药。身体逐渐向好，说明医生的治疗是对了路的。要相信他。我多次跟医生沟通过的，他说会好的。要有信心。要努力吃饭，不要怕呕吐。一切都会好起来的。我们会顺顺利利过这一关的。我交代母亲，要有耐心，对老头儿好点儿。

我领着妻儿下了楼。母亲跟在后面，是要送行的意思。这是我们家的一个仪式，每年我和弟弟春节后离开家，父母都会一起给我们送行。可今年，只有她一个人。

我看到她少有地把手背在后面。我大概猜到了，她手里拿着一挂爆竹。按照老家的年俗，子女春节后出门，父母都要给远行人放一挂爆竹以祝福平安。

可今年全国上下禁放。这是旨在移风易俗的决定。放爆竹，太吵，也容易发生火灾和污染空气，我举双手赞成。是的，我认为这种在中国流传了几千年的风俗并无必要。春节时候的爆竹，跟一个人一年的运气有多少关系呢？每年每家买爆竹也是一笔不小的开支。是到了禁止燃放爆竹的时候了。

可是她要为我们的离开放一挂爆竹。我发现了她的企图。那红色的爆竹在她背后露出了尾巴。是呀，她个子太小，也瘦，怎么挡得住一挂贼头贼脑的、长长的爆竹呢。

我停下了脚步。我要她别送，上楼回家。我要她别放爆竹。我给她说理，说我是公家的人，当然要遵守公家的规定。我吓她，县里安排了好多个检查组。说不定检查组就在附近。只要听到响声，他们就会冲进来的。

她答应着，要我上车。可我看到她的神色，她根本不打算放弃。过完了年，儿子远行，她的祝福肯定是要送出去的。而以她的经验、她的理解，没有什么比一挂爆竹更能表达她的祝福了。政府的规定，根本无法阻止她。她铁了心要做一个违法乱纪者。检查组冲进来抓到了她又能怎样，任何的处罚她都愿意认。

她多像这挂爆竹呀，早已不合时宜，其实也一无是处，可依然要虚张声势。她的心，也像这一挂挂爆竹，基本是实心的，也是沉默的。可她并非对这世界没有热情，对亲人们没有爱意。只是她拙于表达。而唯有春节，做了让她释放的引线和火苗。

我赶紧发动了车子。我希望尽快离开这个现场。如果她点燃了爆竹，正好有人冲进来，知道她是我的母亲，我该有多丢人呀。

我挂了挡，踩了油门。车徐徐开动。爆竹在后面不顾一切地响了起来。我侧过头来，从后视镜看到，她站在那里，身体歪斜着，既像是耗尽了全部的力气，变得虚弱无比，又像是完成了一件天大的事情，因此心满意足。硝烟升起，她的小小身体，隐没于硝烟之中，我无法看清她的表情。

颁奖词

　　海男的散文语言轻盈、灵动，既有及物的描摹，又不乏飞升的诗意和浪漫。她将诗的语言与意境赋予《我的原乡就像一盆火》，书写返璞归真的原乡生态、生命意识，审视存在的意义。这是诗情如火的心灵燃烧，灼灼其华，照亮了散文创作认知和思考的深度和广度。

我的原乡就像一盆火

海 男

我想起了一句诗：我的原乡就像一盆火。

语言就是从这句话开始的。我的所有文字中都有火。取自火的温度和光亮，语言才会有象征性的时态。我走到云南版图上的任何一座村庄，都会与火塘相遇，哪怕你裹着寒霜，或遇上了一场大雨淋湿了全身，只要找到村庄，就能找到火塘，也能寻找到食物。

那天黄昏，我们遇到了一场暴雨，无法寻找到避雨之地。之前，走在路上的我们已隐约感觉到天要下雨了，但身边的几个摄影发烧友好像对天气的变幻并没有危机感。这些肩背沉重器具的摄影发烧友像是只要离开高速路，就寻找到了天堂。我无法成为对照相器材产生剧烈火花的人，所以我的世界单纯地使用语言，虽然我的身上没有挎着沉重的照相器材，但我的挎包里只要出门总有一本书、一本纸质笔记本。这些东西附在肩膀上产生了语言。

只有自然生态保护得很好的地方，才是蚂蚁们的出入地。我很容易发现蚂蚁，虽然它们看上去是一个细小群体。蚂蚁有白色，有咖啡色，也有纯粹的黑色。在云南山地森林深处，有各种体形的蚂蚁。原始森林中的蚂蚁们形体都很大，山地靠近果园或麦田的蚂蚁个体很小。它们以庄稼为食物。如果你走进一座原始森林，靠近每一棵树都会发现寄生于树体的蚂蚁群体，它们通常拥有蚀空一切的、无所不在的力量。选择一棵巨大的树体，蚁王会召唤周围的蚁群用利齿建造自己的树上洞穴。建造屋宇是生命生存的需要，看见一棵巨树中有蚁王率领着蚁族在建造乐园，你会忽略一棵巨树的疼痛区域，伟大的神都会聚拢生灵，用其身心去承载有生命本体者的生命所需要的各种现实。

　　我突然从树身晃动的躯体语言中感受到了它们的疼痛区域，上千只蚂蚁为了建造它们的居所，动用着自身的武器，建造一个宫殿，在历史性的每一个时刻，都将面临求生的战役和搏斗。我伸手抚触树身，内心被这棵树的仁慈仁爱感动不已。沿着树身爬满了上千只蚂蚁，这座森林太辽阔，我只能走到局部，走近一棵巨树。而这一天我发现了一个核心问题：生命线索中的每一物每一景都在相互承担相互护佑，为了活着这个最大的现实。

　　是的，我还发现了铅灰色的云团。身边的发烧友们当然也会发现光影在变幻。对他们来说，变幻无常的光影恰好可以帮助他们寻找到最好的拍摄角度。我就是我，生而为人，有许多时刻仰头看天气变化时禁不住就会低下头：这里有一个无限延伸出去的现实，尤其是当我们走了很远，离高速公路越来越遥远的时候，我会越来越放松，只有放松才会看到沿尘土正在迁徙的蚂蚁。然而，云层越来越灰，像是黑色的鱼鳞带着它的雨絮突然铺天盖地地落了下来。

其实之前，我就看见过蚂蚁们的迁移之路。它们不像原始森林的蚁族，有硕大的身体，它们很细小，就像是黑色的小蜘蛛。蚂蚁迁移意味着暴雨将至，这是常识。

只是这一次，暴雨来得那么快，找不到一块避雨的石壁。发烧友们从包里掏出塑料布——他们最先保护的就是照相器材。每每下雨，天空的明亮度就会迅速下降，我们试图搜寻山洞——就像那些古老的先祖曾经繁衍生息的一座座山洞，但我们所置身的四野没有峡谷和山石，只有身前身后的旷野。那些蚂蚁应该已经回到它们筑起的洞穴了吧！而我们只能顶着暴雨往前走。

我的原乡就像一盆火，哪怕暴雨敲打着身体，凭着本能我们也能寻找到有火的地方。这大约是因人的智慧受神力的指引。当我们终于看见一条小路上的牛羊粪时，我们仿佛看到了希望，并因此而欣悦。数不清楚的概念在此刻变成了引力：凭直觉只要顺着这条小路往前走我们就会找到村落。世界上的县城小镇，再下面就是像棋谱一样的村落——每一座村落都是棋子，没有它们的存在，万千山水该有多么寂寞。看见牛羊粪布满了这条小路，就仿佛看见了牧羊人也是在暴雨降临之前，从这条小路赶着牛羊群回家的。牧羊人每天带着干粮到很远的牧场上去，要走很多路，他们通过云图的变化，就知道什么时候会打雷下雨。

云图是我画布上可以移动的色彩，在画室中我凭着艺术的情绪，就可以去实现一片云的梦想。在这里我不再想象死亡和衰老，甚至那些深渊巨口也错开了画布上的色彩。有些事我是有意地错开，因为我们还要活下去，在活下去的每一刻每一秒，我必须看到那盆火的燃烧。

我们终于进入了村门，所有人都带着湿漉漉的身体，现在最需要的就是火。这盆火就这样降临了，当我们将踪迹带进门槛，火烟看上去像是蓝色的。火塘边就座的人马上站起来，仿佛我们是天外来客。烘烤的力量如此强大，坐在火边我们的衣服很快就干了。

我的生活就是一盆火中散发过的白昼和长夜的交错处，有时候当你冷得哆嗦时火焰就飘过来了……写下这些文字我觉得又回到了诗歌中。诗歌的语境通过形而上学激发我的灵魂，在过去和此在通向未来史的路上，人只是一个过客，甚至都不如一件衣服的寿命那么长。父亲去世的那两年，我还年轻，身穿母亲给父亲用毛线织的背心马甲，整整两年。马甲至今仍在衣柜中，不新也不旧，带着父亲的气息和母亲手工编织的艺术，母亲织毛衣的手艺一直延续到了她七十多岁时。后来，她把业余时间从织物变成了读报纸。

关于母亲编织毛衣的故事，我会另写一篇文章。此刻，是2022年2月4日的立春，所有人都在微信中礼赞春天，尽管在北方的版图中，冰雪还在覆盖着大地，但是，无论东南西北的人，都在向往春天。我的微信群中百分之九十八的都是写作者，而诗人更多一些。春天来了，哪怕春天还在路上，但春天这个词让人想起了温度，只有温度会融化冰川。

我们虽是人间过客，却掌握着四个季节的变换，四季给我带来了不同的色彩。我的画布上似乎总有热烈的火焰，那其实是我的心在跳动，是云南大地的地气贯穿了我的身体。

热烈的火焰在哪里？心情忧郁的时节是无法看见那火焰的。人不可能时时刻刻都在旅路上，我们更多的是在一间属于自己的房子里生活、阅读或写作。而在这样的时刻，我们写作或绘画需要的是回忆似曾经历过的那些故事。

色彩的故事中有火焰中的云南，我从出生的那天开始，冥想中就感觉到有妇女去锅里打水，我能感觉炉中的柴块在缓慢的燃烧中等待我的啼哭降临。肉身降临时，因为是冬天，能感觉到火炉中的烟熏着房间，母亲将经历巨大的痛苦才会让我的小肉身，移出子宫去新的腹地。我感觉到烟熏着的房间里母亲在幸福而痛苦地挣扎着，烟熏着我的脐带和那把剪刀，烟熏着我滑出母亲子宫时的哆嗦啼哭声。再后来，烟熏着我的目光中出现的庭落，我看见了院子里堆放在墙角的那堆干柴。我看见了柴火之上的鸟粪，还拾到了一片羽毛。比我降生早些的幼童们已经在四周的平地上用小脚踢羽毛毽，这是一个多么有趣的游戏，几年后，我也学会了这个游戏。羽毛毽子用脚往上踢又落在了脚尖上，我们都在寻找有趣的游戏，世界是一个很大的游戏场。

关键时刻我们都需要找到火，这是所有游戏中的基础，没有火我们就无法在黑暗中看见光源和力学，它们在相互碰撞中离我们的现实生活很近。拖拉机的存在充满了力学原理，我没有学好物理，几乎对数理化就没有多少兴趣，而当我看见一台红色的拖拉机发动时，就从轰鸣而出的声音中感受到了物理书上的力学。我乘上这辆红色拖拉机往山上去，不断判断着力学的原理就是将一堆沉重的钢铁带到路上去。这条山路很窄小弯曲，我看见20世纪80年代初期的女拖拉机手身穿工装裤，肩上拖着一根乌黑的长辫子，我骄傲而惊喜地坐在她身边，好羡慕她能将拖拉机开到大山深处去。

一群伐木工在那个寒冷的冬天正围坐在森林里的土丘上吃午饭，中间是一只铁炉，上面有铁锅，下面有很大的树桩。伐木工们很高兴地将火炉下的苞谷土豆搬出来给我们——因为这大山深处突然开进来一台红色的拖拉机，还闯进来两个女子。在当时，我总以为女拖拉机手是最漂亮的，她比我要大三四岁，因此比我有闯劲。下了车，她就看见了这群人站在山丘上，看见了火焰。正值午后，我们都好像饿了。

人在饥饿时就会第一时间投奔有火焰升起的地方。

果然，我们顶着湿雾而上离火焰越来越近时，就闻到了饥饿游戏中追索的美味。不仅如此，我们还遇到了一群伐木工，除了做饭的是女人之外，其他全都是大男人。他们将火架下最好的食品全都翻出来，除了祭祀天地用的，其他都当作礼物送给我们。我们饿了，所有食物变得前所未有地香。当我们坐在火炉前的石头上，看着天地享用食物时，火烟熏着我们的身体和味蕾。在调侃和男女间的嬉戏中我们烤热了身体，享受了那个午后意外的邂逅，坐在高高的土丘上消磨了两个多小时后，又到了离开的时间。当我们离开时，那群伐木工将回到森林中去，我们互不相识，只留下了短促的、被烟熏着的记忆。下山以后，开红色拖拉机的女人也在岁月中消失了。有人说她遇到一个来自江南的皮革商人，随那个男人去江南生产皮革了。

她在红色拖拉机的速度中遇到了来自江南的男人。她是我在回忆中遇到的第一个会掌握方向盘的女子，同时也是让我从拖拉机中感受到力学原理的女子。

还有那群森林里的伐木工人，是他们的火炉子让我的视觉中飘着被烟熏着的海拔。饥饿被烟熏着的炉架下的苞谷土豆所驱逐后，我们就在告别中遇到了时间的变幻魔法。只有在变幻中我们才能再回首，语言中的阳光照过来，我在画布上完成记忆中的画面。

《漫记色域》是一本温故旅路和人生观色彩学的长篇散文，有几十个故事，每一篇八千字，每个故事都独立成篇。它将在我的温故中不间断地延续。此刻，立春的正午又降临，温度在唯美中上升。我在网上下单了一条豆沙色的长裙，还有几十本书：等待我的春光需要我用力量去践行，而不负春光的降临。春光美，是光的折射，我们一生中对于光的回忆，更多是一场场充满温度的旅行。

每一个寨子里都有关于火的图腾和祭祀，这些仪典已经传承了千百年。每个山寨都有广场，火把节通常在村寨的小广场上举行，这似乎是人类的发明和历史的创造，从发明了火的那天开始，所有古老的文明都有了与火相关的进展。那天黄昏之前我们迎着夕阳走到了一座云上村落，村里村外的人们都在为即将举行的火把节做准备。一个孩子嘴里吸着棒棒糖，好奇地看着我们的到来。我们将车停在乡镇，步行两小时才能抵达这个村子。从山下往上走，多是牧羊人走过的路，可以看见许多干牛羊粪，路两侧多是野花野草还有灌木，我去的地方，多是植物茁壮成长的地方。我出门，有时是独自一人，有时则会搭上旅伴们的车辆。他们大都是从艺之人，因此在闲下来的时光中会寻找自然生态保护得很好的地方。出门，一个人行走更原始，可乘高铁大巴，需要在途经的县境下车，再进入小镇。在云南，小镇跟县城有很大差别，县城面积很大，多选在盆地设置行政机构，所有省城的物质设施在一座县城应有尽有。而从县城通向一座小镇有近有远，只要进入小镇离我们幻想中的古村落就很近了。

幻想中的村落在那天下午，随同我们上山的节奏变得越来越清晰：道路越来越窄小，简直就是一条羊肠小道了。这座村寨就叫石头村。是一个摄影者带我们进入了这条路并告诉我村落就盘踞在一座石岩上，我们开始兴奋，脚下生了力，越往山上走，道路越陡峭，但风光好得让我们忘却了全世界的存在。就眼前来说，我们最为重要的是要留心脚下的小路，因为我们身外就是金沙江，稍不注意，就会滑下悬崖落入咆哮的金沙江中去。一边走一边往上看，终于看到了岩石上的村寨，有孩子已经发现了我们的影子，几个孩子身穿大红大绿的衣服，站在村头那块高高的岩石上向我们挥着手。

终于，我们爬上了最后几级台阶，此时此境，有一种从炼狱进入天堂的感觉，仿佛我们已经穿越了一切障碍。昨天曾有这种感受：写作同样是一种宗教信仰，在于一生艰难地追索，舍下一切障碍。在一切障碍中修行并获得历尽苦难后的觉醒。而此刻，我又回到了那天太阳落山之前，当我们终于跨上了最后的岩石台阶，落日闪烁着即将谢幕的光斑，将这座岩石上的村落染成了金黄色。

孩子们将我们引向了山寨中央一块平地。岩石上的平地，中央已堆放干柴。热情的孩子们围着我们，四十多岁的村主任来了，将我们迎接到她家的火塘。这里的房子基本上是用石头盖起来的，所以叫石头村。村主任抱来了酒坛和土碗，村里的男女们知道来了客人，都来了，火塘边坐满了中老年人。村主任告诉我，小伙子和姑娘们都插上翅膀飞到城里去打工了，剩下的人口也不多了。围着火塘开始享用晚宴，村里人将所有好吃的都带来了，就着烟熏肉、萝卜咸菜，我们大碗喝酒。夜幕降临后，村主任带领我们去过火把节。

由村里最老的长者——长老点火。村主任将引火的松明双手捧着交给长老。长老在石头村落生活了一个世纪，百岁的他，步履依然轻盈。金黄色的松明有油脂漫出。小时候我曾用松明点燃了炉子里的柴块，我熟悉这些一草一木就像熟悉从内心产生的那种莫名的忧郁。长老亲自划燃了火柴。

大城市里火柴已经消失了，而我在石头上的山寨又看见了火柴，这些事很平凡却保留着记忆中的火。当长老划燃火柴后，松明枝那金黄色液体迅速将火焰升起了。之后，是火把节，云南的众多民族都传承着火把节的仪式。从风俗中我们感受到的是信仰，领略到的是一项被火点燃的民俗。年轻人走了，有手艺的人包括中年人都走了，留下来的都是种庄稼的人。土地必须有人耕耘种植，否则就会荒芜，就如血液如缺乏循环就会堵塞血管。

火把向着黑夜熊熊燃烧，村里的所有人加上我们开始绕着篝火跳舞，那个百岁老人站在中央吹着长笛。孩子们也在跳，多年以后他们也会走出这座山寨，岩石上的村落，被火球绵延着历史。长老的长笛声是火把节唯一的乐声，村主任告诉我，村里会吹拉弹唱的老人们纷纷离世了，这是一座长寿山寨，男女都活到九十多岁才会安静地谢世。

我们绕着岩石上的村寨跳舞，直到下半夜，火全部熄灭。火是这座石头山寨的灵魂吗？我看见抱着长笛的世纪老人独自走回家，不需要人搀扶。孩子们去睡觉了。村主任带我们来到她家，第一次住在石头房子里，想起了梭罗，还有另一个美国诗人罗宾逊·杰弗斯曾建造了一座石头房屋……我曾记得他的诗句：

> 未开放的罂粟和小野花包围的干净的悬崖
>
> 没有侵扰，只有两三匹马放牧
>
> 或者一些奶牛在露头的石头上摩擦它们的身体……

我们理所当然对石头充满了情感，住在屋子里，有火塘边的烟熏过来，离天亮已经很近了，临睡前，村主任告诉我们火把节后，村里人都要睡到正午，让我们安心睡觉。这一生，我们因旅行会居住在各种形质的房子里，而住在这座石梯上的石头房子，还是第一次。我们似乎舍不得睡觉，走出房间想看看天空，这里离天空就更近了。

清凉的风伴随着山谷中的溪水，各种昆虫在睡眠中也能歌唱，还有不远处麦地果木的味道……村主任让我们先休息，我们就回房间了。石头房很温暖，贴着大地的腹地，紧倚着天然没有雕琢的石壁睡觉，远离现代科技文明。所谓天堂，不仅像博尔赫斯所说，是一座图书馆的模样，也应该是一座石头村落的原形。

漫记色域，是一次重返灵魂记忆的旅行，通过再回首，仿佛又将从前的足迹重走了一遍，这是多么强烈而又炽热的旅途。第二天醒来后，石头村沉浸在它天远地僻的境界中，屋顶上洒满了太阳的金光。不大的石头村确实呈现出了天堂的模样。中午我们在火塘边吃完了午饭，开始撤离这座云上的村落，孩子们似乎舍不得我们离开，站在高高的岩石上目送着，村主任说有时间就再来。我们往下走时不时地回过头，开始时还可以看得见从石头缝中冒出的炊烟，还看得见几个孩子的身影，再往下走时，云上的那座村落就从我们的视界里消失了。

这人间总是从此处无声到他乡，中间有群山江河做巨大的屏障，所以，只要有火光升起的地方，就有人类的居住地。我再也没有第二次机会从金沙江峡谷往上走，再去石头村看望那些留守儿童，还有村主任和百岁老人。多少年过去了，我们经历了太多的事。有一天，一个青年看见了我的书就设法联系上我，他说他就在我生活的城市上大学，他在书上看见了我的照片，认出了我。我们见面了，他已经是大学中文系的学生，我问他为什么要学中文，他说那次我们去石头村对他的影响非常大。他当时已经快小学毕业了，他那天看见我坐在火塘边用笔记本记录着什么，他一边说一边回忆，我想起来了，那天正午坐在火塘边吃饭前，我借助火光从包里取出了笔记本。

在我就着火光记录时，孩子们中看上去最大的男孩就坐在我旁边，他欠起身体在看我写字，显得很安静。他好像还问过我，是不是在写日记，他说老师让他们也要学会记日记。他跟我说话时，眼睛很亮很亮，头发很黑，皮肤也很黑。我好像告诉他，如果能每天记日记，很多事就会因文字记录而得到保存。他看着我写完字以后，将一根烧好的苞谷从火里拿出，递给了我。如果没有他后来的回忆，我的记忆会缺少这个男孩的在场。他告诉我，他在镇里上初高中时就喜欢上了文学，喜欢上了阅读，尽管学校图书馆的书很少。后来，他就来到了这座城市读大学。我将他带到了画室，向他分享我的画。

在众多的画幅中，他看到云上的石头村落那幅画时，走到画前站住了，他说这就是他的老家。我很惊讶地看着他，因为我的画都很抽象，没有人教会我使用画笔色彩，一切都是我的心境在引领我去尝试这个陌生而新颖的世界。

我有莫名的感动，我告诉他，是的，这就是石头村寨，我将它留在了画布上。每个人记忆深处都保存着自然和人文的风景和故事，无论是写作还是绘画都是在寻找时光的反射点，这些事和色彩以不同的语言流动或表达出来，就是我们的经历和艺术的行为。他将他写的诗歌从包里掏了出来，从那些打印纸上的分行诗歌中，我看见了生养他的石头村落的星空、麦穗，那里火光弥漫。

诗歌奖

Shige
Jiang

颁奖词

郭建强勇敢地探索诗歌的语言潜能和表达方式，以语言雕刻时光，用细腻的笔致展现诗性的质感，投射出强烈的文学理念。组诗讲究意象、意蕴、意味，穿越时间、空间和感官的迷雾，在文化、情感、生命形态的表现上凸显坦荡的人文关怀，是生活和艺术结合的圆融之作。

达·芬奇的不眠之夜（组诗）

郭建强

釉　彩

阳光正在给草原上釉
比夜风专注，几乎屏住呼吸

高山杜鹃花瓣里，绿松石大的露珠醒来
翻身失重，滑落唐三彩的流线

山峦、河流、云阵，雕镂斑斓
藏羚羊角、马驹眼神和百灵鸟的翅膀加深

阴　影

夏天的颜色就是更浓一些，更重一些
也更清一些，更亮一些

一笔一笔描，一笔一笔绘
矿物调和的颜料，紧抓狼毛笔锋
深入万物各自更细的秘密里去

周而复始，最害羞的风里也有发条咔咔作响
你在工作，也觉察你是某个工作微小的局部

在梦的边缘睁眼，脱身于一种种釉彩
又轻轻地扑入一个更浩大的釉质里

例　外

在物质、思想的种种转化中
我既保持三叶虫的初元
又陶醉于不断升级的喜悦
唯有爱例外：那古老的气息
在暴马丁香的枝干和花叶复活
四瓣和五瓣的心形瓷碗捧举神赐的芬芳
在苟日新日日新的苦和香中
你细嗅、品味，塑造爱的鞭刑的凸起感
在皮肤和内心泛动的光的颗粒
度过永世的汁液灌溉的重生
是的，是一次次的、一遍遍的回旋曲
拒绝世界的既有，创造万物的新在

雕　刻

光在描画，接着是一刀一刀地雕刻

剔除多余的部分，凸出必需的线条和形状

在透明和实体之间显影山间小路

路边的草木抖动，银亮的光芒缠在枝干

溢出手掌般的叶缘，在叶缘小刺上闪着、亮着

而根部在时有时无的鸟鸣里不断下陷湿暗的泥土

远处是峰峦，峰峦后面是更高的峰峦

一样会有山路缠在泥土和岩石混合的山体

一样在云霞里和落日里，同时经历梦和醒

如果有什么超出真实，大概就是此刻

就是在万物缓缓平静时的双重呈现

光在耐心记录事物的面貌和筋骨

其实是在挤干腐烂的果子，是在做减法

一刀一刀刻出阴影，越刻越浓，越刻越深

涂黑四周、涂黑边框、涂黑毛发、涂黑影子

涂黑远方、中景、近处，剩下未及涂黑处

显示出沧桑之后老人锐利的眼白

那一块块天上的金色、银色和蓝色

就是坚硬的骨头的磷火，亮得胜过了本身

脱离了自我，在变细变窄的过程中从容等待熄灭

但你不相信漆黑如铁，听到虫唧如丝如线如点
如同豆荚爆裂般在丝绒幕布上咬开星星点点的漏洞
你正好在一个开口处看见两个人的背影
女人的发卡上光线烁动、跳舞
是银色的、橘色的和无色的信号
男人的白衬衫犹如正在回到大海的船帆
要把一种不能抹杀的光彩传到黑寒之地

拐　角

我再次坐在咖啡桌前
你已经在另一座城市漫步、游览
和一个个长着南方精致五官的人颔首致谢，擦肩而过
笑容在跨海轮渡上此起彼伏，几只飞鸟投下散淡的影子
一个人须发花白，角落的烟斗明明灭灭，趋于黯淡

在远方宁静的喧嚣停顿的间隙
我的微信的铃声响了（汽笛还在大海刻下重要的一笔）
拐角仿佛一下子抹消了
距离只不过是平面，你站得更高些
障眼的烟波和立体多维的弧度就会解除魔力

我们的谈话只能脱离当下拐入回忆
那是以疑惑消除疑惑的方式：
汽车穿出城市，经过无数个45度和90度的扭转后
指向百里外的山坡

那里还是荒凉的春天
空气湿润，冰川朝远处的农庄吐着一条条舌头
一阵阵暴响的鸟鸣大声提醒发育迟缓的果子：

"执着地突起、鼓起。亮出你的孤独和甜蜜有什么意义？"

我们紧张地依偎着
看着野生的梨树举着那些个小小的拳头
小小的拳头里摇晃着酸涩的酒
小小的拳头里藏着尖胀的乳房

不顾一切地吞吃贫瘠，撑满贫瘠
像是再拐过一个昼夜就能改变设计
像是长在树枝上的贝壳思念着大海

吮吸着大地，吮吸着根须，吮吸着枝干
吮吸着清凉的大风和近乎虚无的湛蓝的天空
涩硬的小哑巴颤动，一阵阵呜咽——
也是一阵阵歌唱——那么轻微、心碎

我对面的空椅同时制造春天和荒凉的幻象
一种不停息的发育，几乎不能觉察——
和野梨子一样要把深远的种子埋在梦里

达·芬奇的不眠之夜

只有烛光、星光
漆黑之处镜子的眸光
具有穿透力

光束像是由一粒粒棱状钻石
集合的长剑，穿过多重饰幕、瓣膜和空气
捧出在胸壁打出孔洞中的心脏——
它正在自顾自地跳动，看上去受到了惊吓
又像是无所谓外界的侵扰
频率、振幅在声波上画出的瞬息万变的曲线
显示出天地间出现的第一缕风
或许，万物仍然处在第一次呼吸的绵长里

我在一种清醒的迷狂中
翻阅佛罗伦萨的夜晚
在那些夜晚里，眸光就着解剖刀的犀利
翻阅一头头牛的肌肉纤维的迷宫
一头头猪的骨骼形状模仿着天堂的结构
我在昆虫的体腔听到了若有若无的歌声
那歌声似乎贮藏在每一个生命的体内

留待某一刻汇聚或分解为无数形式的变奏和合唱

刀锋细密地解读那些猴子的毛发、皮肤
窥探深邃曲折的血管流布
刀柄让我感受那种舒畅和滞涩——
野兽的啃食咀嚼和旷野上舞蹈的火苗
几乎在冰与火的厮杀中将那些夜晚粉碎

在一具具人身中，我的眼睛用光芒舔食
过去和现在已经在体尝，将来仍然体尝的蜜、盐、碱
泪水、欢喜、祈祷、等待，还有空虚
眼睛听到平原、山丘和河边传唱的情歌、哀歌、赞歌
而让眼睛一眨不眨地聆听，并且涌出珍珠般的泪水的
是一首回忆之歌，忏悔之曲，所有的颤动都静止在
那一声低郁的元音——啊——啊——啊——里

一个婴儿的表情和器官
解剖刀找到了父母相遇之谜和诞生的偶然性
在一个老者僵硬的姿势里
我听到了碧水青光在山窟地穴的石灰质迸流

在一个个夜里
达·芬奇一遍遍在他物他者他人发现自我的蛛丝马迹
进而将所有的遗痕和线索拼合出一个坛城

一个永无止息变动的坛城

你永远拼接不尽、堆垒不成的坛城

一个夜晚就是永无止息的所有夜晚

吸纳所有的解剖刀、黏合剂

和镜子里的星星、明月和眸子

一个疯癫的达·芬奇，在无数永无止息的夜晚

挑剔出唯一的夜晚

唯一的梦唯一的光

颁
奖
词

　　蓝蓝以深沉博大的真挚情感和清新隽永的艺术表达彰显诗歌应有的美好、通达和高远，观照恒常又超脱庸常，视通万里又回归本真，在记录心灵、探寻自我中反映出东方哲学的深层浸润。组诗的每一首看似独立，却又巧妙地关联成为整体，积极探索中国新诗美学的当代价值，是诗歌成为生活方式的文本体现。

愿望（组诗）

蓝蓝

在日升和日落之间

在日升和日落之间
在冬去春来之间

妈妈，什么样的爱
造成了世界回复往返的螺旋？

地上站立的人和树林
地下平躺的人和蜿蜒根茎

妈妈，什么样的死
造成了这可怕数列的常数？

河流在它的两岸间奔流
雨水在天地间垂直射落

河流发明了源头，而云在雨滴中
忙于建筑爱慕着晨雾的大海

妈妈，让我重返那混沌的云雾
在血液之海中与您相拥

你　是

你是被那双推动海浪的手祝福的人。

是丁香花和无名情歌的女儿。你是
被语言监管的夜班工人，越狱者，以及
美的传令兵。至少，你一颗把石头变成
星星的种子，曙光沉重的礼炮
在每天清晨把你唤醒——

诺萨，诺萨
——给胡续冬

诺萨，诺萨！我的兄弟
唱一支快乐的歌，给你——

猫咪们从树荫和草丛里走来，
迈着无声轻盈的步子；

小女儿的花和蘑菇、被口罩捂紧的两年
——多少回忆像暴雨落下。

诺萨，诺萨！
唱一支快乐的歌，给你——

为朗诵会套上红裤子，
大眼睛在镜片后狡黠地闪烁。

你哼着"伊皮兰加的呼声"，当我们
乘高铁穿过黑暗的华北。

诺萨，诺萨！
唱一支快乐的歌，给你——

偷书少年，朝恶魔吐舌头的悲伤小丑
夏末的海魂衫多么干净。

唱吧跳吧，川娃儿的桑巴和老鹰茶
跳吧唱吧，这末世之爱——阿布拉卡达布拉！

某个午后你骑自行车跃过栅栏飞走
第三天，有人见它停在北大墙旁被众猫守卫。

诺萨，诺萨！我的兄弟
唱一支快乐的歌，给你——

少年胡安骑车拐进八月小巷：南半球初春将到
那里没有人穿黑色衣裳。

愿　望

今天要写一首欢乐的诗，
两朵紫色牵牛花开在窗下。

远方的泉水从石缝间汩汩冒出。
另一半梦我不告诉任何人。

相信野花有万座山的盛开，
一条溪水是洗出她们的诗。

在人间，我见过太多心碎
听到过无数深夜的哀哭——

曾经的凝视，缓慢抬起的胳膊
长长的流星把她们带走。

假如有刹那奇迹发生
一定是清澈的山泉穿身而过，

两朵野花在寂静深处
被时光寒冷的镰刀遗忘。

火地岛

德雷克海峡，寒冷的海水
冲刷安第斯山脚，白色的雪峰
被天空压低了五米。机动船
拖着雪白的浪，犁开南极冰原流过来的
深蓝。企鹅们簇拥在礁石上，发出喊叫
提醒世界已经快要到了尽头。
一个大胡子男人用力拖着粗大的缆绳
走向甲板。一个英俊的士兵捧着恋人的脸
深深地亲吻。船舷冰凉，水花溅起在手背
从远处看，火地岛像南美大陆的一滴泪
从它绿色的脸颊滴落。

苹果的香气

打鱼人不会
在沙滩上嬉闹玩耍；

庄稼汉也不会
在田亩里跳舞翻跟头。

这里面一定有
深奥的道理。

苏格拉底拿一只假苹果
问学生们香不香？

几乎所有的人
都喊道：好香！

只有柏拉图迟疑地说：
我好像没有闻到香气。

这里面一定有
并不深奥的道理。

一个冷酷的将军
严禁士兵听音乐。

理由只有一条：
音乐叫人变得软弱。

这里面一定有
并不深奥的道理。

有时候，骗你的不是别人
恰恰是你自己；

有时候，真理好像是假的
但真理就是真理。

诗

一个人在他身体里坍塌，
另一个人就跨出自己的大腿。

一个人低头摁亮打火机，
一颗600光年处的恒星爆炸。

一个人悄悄地停止呼吸，
一个婴儿愤怒大哭着降生。

我整日对着空气说话，
喂养看不见的一张嘴可怕的焦渴。

评论奖

Pinglun
Jiang

颁奖词

　　张燕玲以长期深耕文学现场的敏锐视角，在新时代文学的激流中有力倡导"新南方写作"的集结、探索与疆域拓展。从无名与共名、个性和共性的辩证，到对"不拘一格、杂花生树"的新南方写作巡礼点将，极目愿景新南方写作的"多样性"与"可能性"，为新生的写作生态和风送暖，呈现了诗性的文学批评的美学风采。

"新南方写作"的多样性与可能性

张燕玲

　　近年热点讨论的"新南方写作",是地方性叙事下的一种地理的文学自觉。在当下建构国际化视野与中国文学理想,提升国际视野下的本土化写作的目标中,凸显"地方性"对于文学空间的整体建构价值,乃是中国当代作家如何向世界讲述中国故事的前沿问题。因为在破碎化、私人化和虚拟化的时代,文学需要通过一种"地方"认知来重新获得其动力。我想这也是近年讨论南方写作的一个切口,以对南方的"地域·自然·人文"的重新挖掘发现,来强化对南方文学的认知。

　　此处的"新南方",是"指中国的海南、福建、广西、广东、香港、澳门——后三者在最近有一个新的提法:粤港澳大湾区。同时也辐射到包括马来西亚、新加坡等习惯上指称为'南洋'的区域"(杨庆祥)。这与王德威命名的新南洋文学有着不谋而合的精神相通。近日,王德威先生给我的邮件中就提到"宝珀理想国文学奖入围作品有多部关于南方书写，值得注意。杨庆祥曾以新南方谈最近南方写作现象，开创先河"。他认为，我们不应只关注文学和政策（如大湾区），"其实可以更加放宽视野，谈这一片广袤区域甚至南洋的文学成就"。我深以为然，但我们把问题提出即是它的意义，而且从"区域""地方"的视角，从地方性与世界性研讨文学，也是近年评论界和文论创新的一种学术路径。

作家陈崇正在《我所理解的新南方写作》中提到，从文化上重新辨识岭南文化的特质，进而看见"新南方"作为一种崭新的文化存在。南北方向的观念是空间的，"南蛮之地，也不应该是南方以南，它就是南方的腹地……在十九世纪中叶之后，这里便不再沉寂，而是主动参与了华夏历史的脉动。故此南方之新在于必须重新审视这片以大湾区为中心的土地，以及在这片土地上已经发生和正在蓬勃发生的故事"（《青年作家》2022年第3期）。

是的，"新南方写作"是空间的，但也是时间的。时空之下应该是地域的，而又是超越地域的；它既是对南方的繁复文化的艺术挖掘与现代表现，更是当下的、现在进行时的超现实主义的文学现象。近年来势头强劲、特色鲜明甚至堪称"现象级"的作家的创作，如黄锦树、黎紫书、林白、葛亮、林森、朱山坡、王威廉、陈崇正、陈春成、林棹、周恺等，被纳入这一新的"共名"加以讨论。

我们知道，中原文化对岭南的传播和影响有一个时间差，尤其广西地处五岭之南，但文学写作一直就在，比如清代的临桂词派、岭西五大家等有全国影响的广西文学流派，而且文化繁复。

广西地处岭南，接壤越南，与中原隔着一个巍峨的南岭，更重要的是，地理位置的边缘，造成了文化心理的边缘，作品自然具有异质性。但临海区域的南流江、西江、珠江几大水道咽喉，直抵南洋、南海各国，进来，出去，世界被打开时便是开放。所以，海洋文明又决定岭南文化的开放进取，决定它领风气之先，"从康有为、梁启超、孙中山，到四十年前的改革开放，岭南文化最大的价值就在于1840年以后的现代文化，也是岭南文化对中国最大的贡献"（谢有顺）。由此，不同的文化也在这里激荡、生长、融合着，使南方写作既呈现南方腹地的地方性，又有沿海地域开放的世界性，还有南方少数民族及众多族群繁复魔幻的文化传统。

因此，南方以南各族群间既有共性也有个性。在人文地理上，大海和陆地在这里交汇，亚热带充沛的阳光雨露，北回归线横贯岭南的生机与繁茂。同时，山地丘陵，大石山区的奇峰林立，特有的喀斯特地貌弥漫着一种野性和神秘感。于是，溽暑炎热，烈日洪水，寒冬冷雨，加之山林迷莽，大海大浪，生机与繁茂，想象与幻觉，同生共长，体现于作家的文本中便透出独特的边地文化的异质性，形成了文学多样性的审美表征，或野气横生、奇崛魔幻，或空蒙灵动、海天一色。不拘一格、杂花生树成就了文学南方的美丽。于是，南方的文学想象，加上偏僻的南方一种偏僻的文学表达，蓬勃而陌生，荒诞又现代，野性还先锋。

早在十年前，广西便发起传承与创造文化上"美丽的南方"的新表达，如果说拙文《野气横生的南方写作：广西近期长篇小说》（《文艺报》2016.3.18）是对这一政策的文学呼应，其实也是对地域性叙事中异质性的认同。2019年，我受《文艺报》之邀，再写了《南方的文学想象——以广西及西南部分作品为坐标》（《文艺报》2019.10.11）评述西南（广西云贵）70年的文学创作，则是对南方文学的一种深情与自觉。而彼时，青年批评家陈培浩和青年作家陈崇正对"南方以南"的写作提出了明晰的"新南方写作"的文学讨论。广西作家朱山坡也一再提及我的《野气横生的南方写作》并以此自居；同年《文学新桂军小说评论集》，就以《野气横生的南方写作》为书名（后因故临时更名《生机勃勃的南方》），以我文中的表述为全书提要。可见，"新南方写作"是个呼之欲出的文学概念，并为这块土地的文学中人所共情。

2020年，《韩山师范学院学报》第4期推出了"新南方写作"评论专辑，徐兆正、刘小波、朱厚刚、陈培浩、杨丹丹、宋嵩等六位青年评论家对罗伟章、卢一萍、朱山坡、林森、王威廉、陈崇正等六位"新南方写作"的代表作家分别进行了评论，值得注意的是，这里涵盖了四川文学。

为此，联想到我近十年的相关长文，以及《南方文坛》此前一直推介的"南方百家"，决定呼应和讨论"新南方写作"。我一一致电韩少功、林白、东西、杨庆祥、林森、朱山坡等，他们都认为很有建设性并很快发来文章（韩少功因故最后没有成文，参见《南方文坛》2021年第3期）。为此，我写了主持人语："新南方写作"，在文学地理上是向岭南，向南海，向天涯海角，向粤港澳大湾区，乃至东南亚华文文学。因为，这里的文学南方

"蓬勃陌生"，何止杂花生树？！何止波澜壮阔？！我与杨庆祥文学交往十多年，发现我们对文学南方有着相似的审美期待，于是便创意发掘与研究，新一代评论家试图为此赋形，本刊也将不断深入。所谓的"新"，以示区别欧阳山、陆地等前辈的南方写作，是"新南方"里黄锦树的幻魅，林白的蓬勃热烈，东西的野气横生，林森的海里岸上，朱山坡的南方风暴……文学南方的异质性，心远地偏。

而其中杨庆祥的《新南方写作：主体、版图与汉语书写的主权》成为目前为止最权威和系统的论述，他对"新南方写作"的特质提出了四个关键词：地理性、海洋性、临界性、经典性。这是一篇试图对一种新的文学现象进行赋名的探索性论文，并荣获《南方文坛》年度优秀论文，颁奖词写道："论文以马来作家黄锦树、中国粤港桂琼闽等地作家为切入口，从主体、版图与汉语书写的主权三个方面，富有理论张力地分析了近年涌现的'新南方写作'的小说现象，并试图在世界文学坐标系中为其赋名和确定位置。也许新论还待进一步思考，但它既是对散在的新南方文学的一次集结，也是向文学同行发出的一次邀约，显示了青年学者出色的问题意识、理论开拓性与批评新视野。"一时颇具影响，也明确其新在于现在进行时，在于无论表达内容，还是表现方式，都呈现出新的美学样貌。

2021年第6期，我们的专辑"新南方写作"，发出杨庆祥、黄灯、刘铁群、项静、李壮、陈培浩、林培源分别对王威廉、韩少功、林白、小昌、林森、陈春成、黎紫书作品的评论。2022年第2期直接以《新南方写作》为栏，约请了孙郁、孟繁华、蒋述卓、黄平对林白的《北流》进行专题评论。原定春天举办的"新南方写作"研讨会终因疫情迟迟未能实现。明年第1期还有一组。今年，蒋述卓、唐诗人还在《广州文艺》新辟《新南方写作》专栏，以建设为指归。

是的，"新南方写作"蓬勃陌生、心远地偏，却是蓊蓊郁郁，蒸腾着燠热咸湿的海风，从南方以南向北氤氲。虽然它的主体还不清晰，它的版图还在勘定中，它的异质性还在探讨中，它也的确与王德威命名的新南洋文学有着潜在的不谋而合，但问题的提出即是它的意义。可以说，"新南方写作"是一个不断更新的野气横生的文学现象，充满着人间烟火与民间文化活力，叙事的现代性，使之散发出一种生动的异质性与不可遏制的生命力。哪怕文体革新难以归类，哪怕泥沙俱下、藏污纳垢，但都在作者生命精神和叙述策略的不懈探索和开掘中，人性的丰富性得以生动繁复，文学本体得以彰显，作品也孕育出焕然一新的艺术力量。近期，林白的民间《北流》，葛亮《燕食记》里的人间烟火，林森的《海里岸上》，朱山坡的异质性，王威廉的疍家人和客家文化，陈春成的《夜晚的潜水艇》，林棹的《潮汐图》，霍香结奇崛的微观地域性写作，厚圃的《拖神》等，其现实生活与历史神话、现代文明与民风民俗、文体与方言，相融互文，呈现出有别于北方的宏大叙事和中正雅致的文风，而是剑走偏锋，歪歪扭扭，不拘一格，既野气横生又奇崛魔幻，荒诞迷离又蓬蓬勃勃的艺术形态。

旅居北京的桂林作家霍香结近年创作的长篇小说《地方性知识》《灵的编年史》《铜座全集》，既有实验先锋，又有生长于南方山水一个村庄的方方面面，不受文体限制的写作风格，既野生奇崛、驳杂独特又蓬勃陌生。令人联想到同为广西著名作家的林白的《北流》，写《没有语言的生活》时期的东西，《被雨淋湿的河》的鬼子，还有李约热的《我是恶人》野草般的芒刺在背，以"异质性"为追求、以"新南方写作"代表作家自居的朱山坡。

一路见证了朱山坡20年的成长，这个野气横生、锐气十足、辨识度颇高的作家，不断挑战自我，不断拓展艺术边界，不断创造作品的异质性。他的作品有一种撒野后的节制和魔力，他笔下的"米庄""蛋镇"已经成为知名的文学地标。其短篇小说集《蛋镇电影院》从少年南方小镇的记忆出发，17个以蛋镇电影院为背景并相互关联的故事，充满了野性与荒诞、离奇与诗意。此文风延续着他此前的《跟范宏大告别》《陪夜的女人》《鸟失踪》《灵魂课》《一个冒雪锯木的早晨》等小说，都是通过荒诞不经的故事情节，挖掘文本的隐喻意义与诗性所在，其凶猛野性的文学劲道、略为偏执的灵魂叙述给读者留下深刻印象。2015年，《南方文坛》联合中国作协创研部、《文艺报》在北京召开的"广西后三剑客"研讨会上，邱华栋如是说："朱山坡发展了一种关注于和专属于广西的南方的小说文体，那纯粹就是一种南方的小说。这种南方，不同于江南，是偏西南的瘴疠之地广西的小说，是一种独特的怪异的小说，就像螺蛳粉和黄皮果的味道。"这算是"新南方写作"最早的一种形象表述，也是"新南方写作"之新所在，一种令评论家无法归类的奇崛文风。

林白的《北流》同样奇崛，她选择地方性叙事，使《北流》

满身岭南的热辣日光和繁茂芒刺令文坛耳目一新。身在北京的林白离开广西北流四十年后，以特殊的视角，从北京回望北流的一切，以鲜活锋利的勾漏片区粤语，剖开她曾经拥有的生活现实，激活她对故乡北流的所有记忆，她的南方。那些人间烟火，那些疼痛的现实，赤裸裸露出生活的本相：幽暗深邃，或明亮，或杂草丛生，或如花盛开，也如芒在背。沙街往事潮水般涌来的同时，时代的声音与印迹栩栩如生，它们在暗潮汹涌中与生活日常隐秘地关联着。那种从英文、普通话压力解脱的欢欣和自在，那开篇的20首诗，一如南方果实饱满而汁液涌流，语言的能量和想象力的蓬勃热烈、奔腾不息，展现了无穷魅力。林白为生活复魅，为自我精神皈依，更为中国南方地方史赋形。

总之，"造化赋形"，大的主流带着岭南各种各样的支流向前，朝着原来的开放方向奔腾，创造出蕴含地方性的文化多样性和无限的可能性。

正如作家陈崇正所言："新南方写作"这样一个文学概念本身就是对才华的唤醒，毕竟我们生活在一个依然敬仰才华的新时代。在新时代的背景下来检阅新南方，其中存在着有别于东北、西北和江南的文学肌理，那是曾经被遮蔽的运算，在等待一个新坐标为其赋值。

还如朱山坡所言："永不厌倦地寻找文学的'差异性'。"有这种可贵的文学自觉，南方作家必然会参与中国乃至世界文学图景的重新构建，文论的阐释也必将使"新南方写作"为中国文学贡献出自己独特的定义。因为，文化的异质性，只要与人类文明融合，就有可能走向世界。

也就是说，"新南方写作"呼唤文论的阐释，呼唤评论家的赋形，因为"新南方写作"还在路上，它的开放性一定会生长出更多的文学多样性与可能性。

（张燕玲，文学评论家、散文家，《南方文坛》杂志主编）

颁奖词

　　贺仲明置身宏阔的时代建设之中，立足粤港澳大湾区的火热空间，高擎"新南方写作"的旗号，从"地域性"与"时代性"入手显影"新南方写作"的三重特征，并指证前往这一写作领地的必经途径。论文的前瞻视野与务实批评相结合，是岭南文学传统经验在新时代的回响与升华。

地域性与时代性同行

——对于"新南方写作"的初略思考

贺仲明

在全球化时代，地域性并没有泯灭，而是以更深刻更内在的方式，呈现在社会文化和人们心理上。所以，近年来，地域性文学和文化呈现出比以往更蓬勃的发展势头。由此来看，"新南方写作"的提出无疑是适时而且是很恰当的。

这里说的"南方"，涵盖的范围应该是岭南的几个省份。因为地理和气候的原因，这些地区在历史上曾经与中原地区相对隔膜，形成了有自己特色的生活习惯和文化风习，其文学创作也随之而具有自己的特性。一个典型的例子，岭南地区四季不分明，特别是没有严酷的冬季，人们很少能感受到秋冬落叶之凋零、万物之萧疏，其创作中也就较少北方作家对生命的感伤和喟叹，而是更显生活气息，风格更明快活泼。

在中国现当代文学中，南方作家曾经奉献过自己独特的文学美。欧阳山的《三家巷》、陈残云的《香飘四季》、陆地的《美丽的南方》是其中最具美学意味的作品。《三家巷》对广州市井生活的描摹，对南方风景和人物形象的刻画，都达到了独具地方风情的高度，因此而具有了超越时代的艺术感染力。《香飘四季》和《美丽的南方》描述南方乡村的现实变革，独特的风景线和生活风情画，以及具有地域文化色彩的鲜活人物形象，也都使它们的意义超越了题材内容，具备了浓郁的地域文化美学特征。其他，如黄谷柳、秦牧等作家也都以不同的方式和成就参与了这一文学的合奏，做出了自己的突出贡献。

从20世纪80年代改革开放开始，南方就成为发展和开发的代名词，南方也因此被赋予了新的时代气息。特别是近年来，粤港澳大湾区建设作为国家规划的提出，南方的内涵也随之有进一步的拓展和深化，"新南方写作"也具有了新的气质内涵。所以，在今天，"新南方写作"应该兼具时代和审美的共同特点，在地域性和时代性上同时发展。具体说，以下几个方面应该构成"新南方写作"的基本特征。

首先，独特的地域和文化。

地域性是"新南方写作"的灵魂。失去了这一点也就无所谓"新南方写作"的概念。只是我们不应该把地域性理解得过于狭窄了。地域性不仅是外在的自然和人文景观、生活风俗，更是地域文化滋养出的个性化人物。人是文化的创造物，也是地域文化最典型的体现者。《三家巷》之所以能吸引人，跟它塑造的周炳、区桃、陈文婷等融入地方文化的人物形象有直接关系。能否塑造出真正具有地方文化气质的个性化人物形象，是文学地域性表现是否深入的重要标志。还需要提醒的是，地域性应该在生活中自然呈现，而绝对不要做人为的故意渲染。脱离生活和人物的"地域风情"就像商业风景区为游客提供的商业表演，不只是没有生命力，反而会使一些人产生反感，对地域个性本身构成伤害。

其次，都市与传统相结合的开放色彩。

岭南很多地方有独特的地方风情，如地方方言、民俗文化等。这些应该得到丰富的书写。但是，从完整意义上的"新南方写作"来说，它不仅包括乡村、历史和传统，也应该涵盖都市、现实和现代性。所以，作家们固然可以在对往事的书写中展现地域之美，也需要在描绘现代都市生活中展现地域个性。相比之下，后者的难度无疑会更大。因为相比于传统乡村生活的较强个性特色，现在的都市生活高度雷同。如此，作家既需要努力观察和挖掘日常生活中具有地方色彩的细节，更需要将地域的历史文化、传统精神结合起来，共同营造出地域特色的文学世界。这一点，2014年获得诺贝尔文学奖的法国作家帕特里克·莫迪亚诺的创作具有充分的启迪性。他的作品书写巴黎，既在作品中努力还原出巴黎真实的地理环境，更将二战以来巴黎的历史、文化和社会心理融入进来，从而刻画出了具有深度真实的地方文化世界，并得到了世界性的高度认可。

最后，粤港澳三地的融合。

这一点其实是上一点的延续，只是因为情况突出所以特别提出来。这体现在两个方面：其一，粤港澳三地文化高度同源，各种交往也很密切，都应该属于"新南方写作"的一部分；其二，由于历史的原因，三地还是存在不少方面的差异，需要丰富的交流与融合。也就是说，一方面，"新南方写作"应该特别注意吸引粤港澳三地更多的作家参与进来，既寻求文化认同感，也加强文学上的交流，共同描绘"新南方"，让"新南方"世界更为缤纷，也更富有文化的多元性和复杂性；另一方面，"新南方写作"作家们需要开阔视野，如果能够结合粤港澳三地的复杂演变、人物命运的历史沉浮，以及文化上的多元状态，"新南方写作"就可以在空间上更广阔，深度上也更有拓展的可能性。

文学最基础也最关键的内容是创作，是看得见，能够进入人们阅读视野的文学作品。文学概念的提倡具有一定的倡导和启示意义，但是要真正让这些概念落到实处，成为时代文学中重要的一部分，还是需要作家们来进行创作实践。所以，我们在这里提出"新南方写作"的概念，最迫切的希望是作家们努力参与，特别是年轻作家们，以自己的生活经验和文化视野去观察、审视现实，书写出具有鲜明时代个性的南方文学世界，那就是"新南方写作"真正获得成功的时候，从文学史角度说，也是"南方写作"重新焕发生命力、再度辉煌的开始。

（贺仲明，教授，暨南大学中文系主任，广东省作家协会副主席）